马厩岛

黄立宇 著

上海文艺出版社

目 录

制琴师 | 001
游泳池 | 065
喜罐 | 105
画了一个十字 | 127
睡在树上的鱼 | 153
断指 | 177
灯渡往事 | 197
马厩岛 | 229

制琴师

1

一九八二年末，我在县乐器厂门口见到久违的吴丙声。

我从大众浴室洗完澡出来，对面是乐器厂，旁有门店，挂着一些巨制的圆规、量角器和三角尺，反正都是一些数学老师才用得着的东西。当然也有乐器，主要是锣鼓——当我们说锣鼓的时候，其实说的是鼓，跟锣好像没关系。我正在犹豫是否要买一支笛子——倒不是我对二胡没兴趣，是裤兜里的钱差点意思。我跟师傅试要了一支笛子，此人对自己厂里生产的乐器缺乏起码的尊重，我看到的是一个极为轻率的动作，把笛子往柜台上轻轻一丢，有点像小李飞刀。我没有吹过笛子，我的手指要在几个笛孔上布开，感觉像蹼趾一样难以伸展。我摆弄了半天，放屁一样，根本吹不出一个像样的音来。此人本来还满怀期待地看着我，终于不忍，目光游离开去。此时，我看见一个戴袖套笼的年轻人从乐器厂出来，我觉得眼熟，一副江湖义气的样子，大老远就冲我抱拳作揖，喊了声：老兄！

此人吴丙声，我的小学同班同学。初中时虽然还在同一所中学，但已来往无多。只听说他在校办工厂偷了不少东西，被抓去关了几天。是他的母亲到校长那里低声下气地来求情，将一块花手绢捏在胸口，声泪俱下，几度哽咽，才由校方作保，让吴丙声完成了最后两个月的初中学业，高中肯定是泡汤了。记得在学校操场的沙坑边，他神色机密地从裤兜里掏出一只小轴承送我，我自然欢喜得不行。他说：忘记我，管自己生活，倘不，那就真是糊涂虫。他的成绩其实不坏，尤爱语文课，特别喜欢鲁迅先生的腔调，在我听来，透着与时代格格不入的迂腐。

他还是老样子，肥唇，鼓腮，永远像含着两块肥肉，乐呵呵地冲着我笑。如果我没有记错的话，他的手臂上还有一条蜿蜒如江河的暗红色胎记。当时皋城刚从一次强台风的席卷中挺过来，我却起劲地跟他聊山口百惠。当时电视剧《血疑》还没有在国内播出,吴丙声听得一头雾水,对此也毫无兴趣,他初中毕业就分配到这里,已经当了好几年的木匠,他的袖套上、发丝上都是星星点点的木屑。

我们交情有限,他这样老兄老兄的,弄得我怪不好意思。他跟我再三赞美附近一家早餐店的生煎包子,要请我去吃。我猜他本来就是去吃生煎包子的。我没动静,他不好意思再提。他见我手里还拿了一支笛子,你要吹笛子?我们厂里的笛子,只有天晓得,那些人每天只晓得往一根竹管上钻几个洞眼,他们做的哪里是笛子,他们做笛子比做筷子还要便当。比方说吧,你以为自己吹的是《苗岭的早晨》,结果给你跑出一头驴来。说到这里,他把自己逗乐了,他说你要的话,这样的笛子我可以送你一打。

那次见面后,没过多久,吴丙声给我来了一个电话。

那天吴丙声补休,正坐在自家的马桶上,玩着自己的手指——他当然没有说这个,是我脑补。他特别爱玩自己的手指,那是一套非常娴熟默契的繁复动作,两手配合,飞快对接,以此专注于某件事情,因为思想总是要开小差的——有点像盲人掐指神算时的模样,一定是斜着头,摆出一副侧耳细听般的偏执表情。在学校简陋而空旷的厕所里,我们并排蹲在那里,他不会跟我说话,那是他独自面对这个世界的时刻。吴丙声说,当时他正坐在马桶上,就听到码头那边传来了轮船靠岸的汽笛声,在皋城上空久久回荡。他听到这个声音,就知道上海船到了。但他无法提前知道的是,这帮旅客中间有一个老头,是上海提琴厂的退休老师傅,讨了一辆人力三轮车,直奔县乐器厂。他要改变的不是一个县乐器厂,他简直就是来改变吴丙声的人生轨迹的。

第二天,吴丙声懒洋洋地上班去了。他在家里补休了三四天,一点意思也没有。他经过那家门店,看见管店的人在专心致志地挖自己的鼻孔,他的心思都在这个鼻孔里。他走到厂里,奇怪地看到厂里又多了一个老头,这个老头人高马大,很有气场的样子,正在跟厂长说什么,他说着上海话,上海话听起来像牛皮糖一样,缠缠绵绵的,但说着说着,这缠绵里还有点当机立断的意思。上海老头说,好吧,就这样子吧。

乐器厂给这个上海老头腾出一个工场间。厂长还准备给他配一个徒弟,他一开始觉得这件事会有许多人来争,结果并无响应,还弄得大家牢骚满腹:皋城有几人拉小提琴啊,卖给鬼去啊,做啥提琴啊,工资又不长一分,你以为做提琴就变成知识分子啦?吴丙声在电话里跟我说,就在这个时候,厂长回过头来看见了他,这才想起来厂里还有吴丙声这么一个人。厂长知道自己厂里一共有十八将,但他每回派到第十七将的时候,死也想不起来,第十八将是谁。现在他看到吴丙声,有一种恍若隔世的感觉。

小吴,你死哪里去了,几日没上班了?

我在家里补休啊,我跟你说过的,你忘记啦?

厂长停顿了一下,他的脑子在别的事情上,他得重新把这个事情捋一捋,想了半天,他才知道自己其实已经没有选择的余地了,也只有眼前这个吴丙声了。

他说这样吧,小吴,你跟这个上海老师傅一块做小提琴怎么样?

吴丙声以为自己听岔了,小提琴?什么小提琴?

厂长又重复了一遍。不过他在言辞上做了某些修饰,把这个选择说成是他深思熟虑的结果,顺便卖了一回人情。吴丙声突然有点害羞,有点不敢相信,小提琴三个字就像一道灼眼的光芒,刹那照亮了他的心房。

吴丙声在乐器厂是做笛子还是做小提琴,跟我没有关系,我也不觉得我们之间有过什么交情。对我来说,他是很早就消失的一个人。而且年前他说他要送我一打笛子,到头来一根笛子也没有看到。那天他兴奋得不能自持,辗转打听了几个人,最后把电话打到我的厂里来。那时候打个电话,是件非常隆重又费周折的事情,他听到有人在喇叭里叫我的名字,然后等待熟悉的脚步声临近。他在电话里确认是我的声音时,他的喉咙里不禁发出那种猪喽喽般的欢快声音,他先是把我发表在当地小报的几首诗夸得天花乱坠,老兄呀,很有感染力啊,我以前怎么没看出来你有这方面的才华?然后他话锋一转,声音也因此微微颤抖起来:老兄呀,我现在在搞小提琴啊,他娘的,七搞八搞,我们都成了文艺工作者了。这是他的开场白,然后以倒叙的方式,从他坐在家里的马桶上讲起,讲到上海客轮的汽笛声,讲到上海老头、厂长和他的小提琴。

我说乖乖,你这个小木匠不得了嘛。

电话那头奇怪地沉默了会儿。我心想坏了,吴丙声的声调完全变掉了。他说其实我心里是晓得的,你看不起我,你从来就看不起我!

他这么腻歪,我是没有想到。我说哪里啦,你误会了,做小提琴很好啊,没准啊,在你的手上能诞生世界一流的小提琴呢,谁晓得呢。

他没听出来我的虚与委蛇,反倒是友谊好像又得到了及时的修补,他的情绪上来很快,开始喋喋不休地说那个上海老头，说着说着居然开了上海腔——虽然上海腔调在此地颇受拥戴，也同属吴语区，但吴丙声说起来有点生硬，有点拿腔捏调，还要夹叙夹议，好像非如此，无法传达出他此刻的心情。

2

我的邻居当中，有一个拉小提琴的。每天晚饭后，在他家后门的小河埠头开始拉他的小提琴。邻居们都不晓得他在拉什么，只是在他的琴声的慰抚下，日常生活变得不太真实。他叫马小锋，自幼学琴，苦练十余年，凡有学校演出，都会见到他挥洒自如的风采——皋城的人似乎都在同一所中学里长大。马小锋以音乐家自居，对我爱搭不理。不过有一点我们都深信不疑，他不属于这里，他属于那星光璀璨的音乐舞台。那年，他的上海音乐学院落榜的消息传来，令我们心头一凛。我们考不上没关系，马小锋没有考上，会令这条街蒙羞的。后来他分配到县邮电局上班，每天像特工一样向远方发送神秘的摩斯电码。那天下午，我正在附近闲逛，马小锋骑着自行车去上班，他平常都懒得搭理我，所以他没跟我打招呼也在情理之中。第二天有人告诉我，马小锋昨夜在大众浴室会了一个奇人。

那天，马小锋上的是晚班。他会利用下班前的那几个小时，通过单位的高频电台来收听遥远国度的音乐节目，在咝咝啦啦的干扰音中捕捉美妙的乐声，这是他一个人的盛宴。不过那天晚上，有一个吹长笛的朋友来找他。下班后，他们从邮电局出来，穿过对面长长的小街，在经过大众浴室的时候，他们听到了来自浴室内部的乐声。他们由此走进浴室的院子，借着微弱的月光，看到煤堆和那些坑坑洼洼像水银一样发亮的水。每晚八点半以后，大众浴室开始招徕外客过夜的生意，现在，马小锋揭开厚沉沉的棉帘，看到的是空荡荡的大堂，和两三个陌生的过客。此刻，华丽的交响乐章正在大堂回荡，马小锋看了吹长笛的朋友一眼，他惊讶极了，这样的声音他以前在咝咝啦啦干扰声不断的情况下听到过。他不晓得这个声音来自何处。他穿过里面的淋浴间，几乎每个莲蓬嘴都在稀稀拉拉地淌水，他继续向大池走去，他在那里看到一个孤零零的老男人的背影。

这个人显然对此曲了然于胸，他仿佛面对着一支庞大的乐队。他先是一个倾听者，斜着脑袋仿佛低伏于荡漾的水岸边，他的一个小小的向下安抚的动作，令音乐渐入低鸣，几近空寂，忽然又顺着他的舒展的手势，在起伏的旋律中试探向前。他的左手像是向空中撒了一把黑胡椒，第二小提琴开始进入，由前面的柔慢、郁伤和喑哑，进入奔放与明亮。随着他一记猛然的顿首，迅疾展开他的双臂，并来回扫荡，稀少的头发还因此甩出一连串水珠，乐声顿时如潮汐翻涌，在音乐的狂潮中，他变成一个唯我独尊的暴君，他的手上一团乱麻，癫痫不已，又似雷霆万钧，让整个乐队都臣服于他的淫威之下，最后一个动作仿佛是要把自己从水里揪起来，让那个吹长笛的人差一点笑了起来。老男人回过身来，看到了这两个年轻人。马小锋怯生生地叫了他一声老师——通常他都是称衣冠楚楚的人为老师的，现在这个老师以赤身裸体的方式站在他的面前。

　　老师说，你好，可以先帮我搓个背吗？

　　那天晚上，马小锋和那个吹长笛的朋友在浴室隔壁的一个小阁楼里，与这位长者彻夜长谈，他们向他表述了自己对音乐的困顿和迷茫。他们在那里待到了很晚，通过老头手里一只微型录音机，聆听了迪尼库的《云雀》，这是小提琴高音 E 弦上绝无仅有的颤音名曲，马小锋趴在老头的床榻前，流下了激动的泪水。

3

　　此人正是初来乍到的上海老头。然而，吴丙声和马小锋并没有很快见上面。这本来就是两条分岔的线路。吴丙声熟悉的只是工场间里，那个穿着背带裤一边干活一边还要喝上海牌咖啡的老头。上海老头的私人生活，吴丙声从未涉足。他也不太明白，为什么老有电话来找他，那似乎隐藏着一片广阔的深不可测的未知领域。有一次他替老头接了一个电话，是一个充满慵倦气息的女人声音。它让吴丙声整个下午都在发蒙。他对时下刚刚兴起的交谊舞毫无兴趣，当然更无从知晓上海老头在舞场上的风头无两。前面那个吹长笛的年轻人倒是来找过上海老头，吴丙声对他有点印象，他经常来找本厂女工冯丽莉。那个穿着光鲜的年轻人站在厂对面陡峭的木梯上敲了半天的门，又过来在厂里转了一圈。吴丙声等待他的垂询，不过人家没打算问他，在他身上瞟了两眼之后便扬长而去。

　　乐器厂这地方以前是民国的酱园，上海老头格外喜欢这个地方，不过他形容任何东西，都跟形容女人是一样的，漂亮、灵光、噱头蛮好。他的工场间是一个有拱形窗户的高挑建筑，里面挂满了小提琴各种结构的剖面图，弧度、尺寸、数据。它在气质上完全有别于乐器厂的其他区域。工场间辟有一角休憩的地方，上海老头跟吴丙声说，吃力辰光要坐下来歇一歇，喝喝咖啡，听听音乐，人要懂得享受。享受他晓得，但肯定不是咖啡和音乐。咖啡他可以不喝，音乐躲不过去，每日里听了烦煞。但它每一句都像春天的雨水那样敲打在上海老头的心田里。老头跟谁都谈笑风生，但他总能在关键时刻停下来，指出吴丙声的问题，不来事，不来事，你木头搞错了。

吴丙声目前的工作，主要是根据上海老头给出的尺寸，进行改料、光面、打眼、开榫，都是一些下手活。台面上的活，是吴丙声的未知领域，那是另外一套系统，首先是上海老头得心应手的据说是意大利学派的那张异形制作桌，以及壁架上的那些古怪的工具：拇指刨、厚度仪、导规角规、F孔切割器、合琴夹、磨码器、音柱钩、弦轴刀等。这些东西他是头回见识，它们好像只听从上海老头的调遣，那天老头不在，他好奇研究了一番，还没怎么的，竟是满手的血。他发现自己远没有进入一个制琴师的角色，他还是原来的木匠。一次，他还被上海老头一顿咆哮，仅仅是因为收拾东西时放错了地方。

小提琴的曙光一点点在上海老头的手中显现，拼板、刮板、开音孔、上音梁、合琴、随琴、刻头，一切都很新奇。老头做这些的时候,有意让他搭把手。吴丙声处处留心,看他何处施力,又何处收敛,何处信马由缰,何处又如履薄冰。老头说,他每次只能专注做一把琴,同时做两把都不行,气就断脱了。老头又说,每把琴都是不一样的,木头、辰光、心情都不一样,技术再好,也没有一把琴是完美的。

　　吴丙声有点懂老头的意思,他有点迫切,找了根木头练练手,琴头上的那个涡卷部分,真是迷死他了。上海老头没有说啥,不动他的料就好。琴头刻好,吴丙声自己看看还中意,暗中拿上海老头刻的琴头作比对,同样的尺寸,同样的刻法,但他的就是僵硬、死板、不圆润,再看老头那个,真是优雅之极,眼睛一花,好像会蠕动——也真是怪了,那些木头经老头的手好像都活泛了,有了生气。接着,吴丙声还想尝试小提琴的背板和面板,那个优雅的弧度,才是小提琴音质构成的灵魂。他跟上海老头提出来,老头说可以,"可以"两个字,听起来有一种深深的叹息在里面。老头找来一块板,让他肩顶着铲子,动刀要有分寸,要一点点试探,等削得差不多了再用小刨,要摸熟这块板的脾气,慢慢来,不要急。

　　冯丽莉常来找上海老头聊天。她称得上是乐器厂的厂花，想必吴丙声也暗暗动过心思，虽然他嘴上不认，但骂起冯丽莉来，有一种往死里说的怨尤感。他跟我形容过，冯丽莉的两只奶奶像揩桌布一样。现在，这个烂货居然一屁股坐在上海老头的那把安乐椅上，还为自己泡了一杯上海牌咖啡。上次有人坐在那里，上海老头的脸色就不太好看，所以吴丙声一直在观察老头的反应。老头没有反应，冯丽莉递过来一支香烟，两个人对上火了。冯丽莉问昨天夜里她跳的伦巴哪能，上海老头说，噱头蛮好。老头还趁机在她的屁股上摸了一把。这令吴丙声万分惊讶。她的身后有一只玻璃立柜，那里有两把小提琴样品，冯丽莉居然打开玻璃门，取出了其中的一把。只听老头失声道，你把琴给我放下，你不会拉小提琴，你以为把小提琴往下巴那里一夹就好了？你样子倒是蛮像的，你到照相店拍张照片做做样子可以，真要拉起来你不来事的。冯丽莉说我会拉啊，我会拉《我爱北京天安门》。上海老头不厚道地笑了，你开高级玩笑，你不要侮辱我的智商。

乐器厂我去过几趟，那是一个奇妙的地方。实际上他们什么都做，儿童积木、国际象棋、地球仪啥的。据说地球仪被客户悉数退回，不是平原的地方隆起一道皱褶，就是拼接处无故折进去几个蓑尔小国。不过有一个好消息,上海老头刚刚完成的第一把小提琴,已被驻军演出队高价收走,并且预订了接下去的两把,这多少给乐器厂提振了信心。

上海老头那里是乐器厂的尊严所在,他的拱形窗户上挂满了各种完成的部件,吴丙声说,风一阵才好。我听上去,像是在谈论酱鸭。木料堆在工场间外面的廊檐下,穿堂风呼呼响。吴丙声告诉我,意大利古老的制琴工艺,追求极致的干燥,做好的琴身白板至少自然风干一年才能上漆。当然这样的讲究,现在只好忖忖。

那天,上海老头看上了路边一根被放倒的旧电线杆,跟徒弟说,这个做低音梁最好了。当时现场也没有什么人。师徒俩的对话是这样的:可以么?可以。两人便喜滋滋地把它扛到厂里来了,迅速分解成毛料。后来有两个电力工人进来过问,东张西望,吴丙声给他们念了一首唐诗:随风潜入夜,润物细无声。上海老头仍心有余悸,他说这种事体从来没做过。吴丙声用鲁迅先生的话回答他:从来如此,便对么?

吴丙声也做过一把小提琴,只不过那天他拿给上海老头看,老头只瞄了一眼,便说:扔掉算了。吴丙声就扔掉了,扔在刨花废料堆里,咣当一声,让上海老头特别多看了他一眼。吴丙声心里不舍,眼看着伙房来人把它随刨花一同搂了去,不知道它被火焰吞没的时候,是否发出一点悦耳的声音。他跟我说起来,已然轻描淡写的样子,我想他心里应该埋葬了一些东西,有点重振旗鼓的意思。

碰上老头不在,吴丙声会跟我说个没完。他有太多的话要跟我说。他跟我说,小提琴名堂多得不得了,枫木你晓得不?小提琴的背板一定要用枫木。老底子没办法,科学不发达,他们用一把斧头,在树木头这边猛敲一下,然后飞奔过去,一定要奔了快,奔了慢,声音就没有了,趁声音还在木头的身体里传达,就要飞快奔过去,到那一头,还要用斧头顶着,你的耳朵还要贴在斧头柄上,听一听里面的声音,这个声音会告诉你,这根木头能不能做一把好琴。

然后他说,上海老头有两把好琴。

吴丙声让我观摩了玻璃立柜里的两把小提琴样品。他说,一把顶普通的小提琴,也要五六十元,老头做的弄不好后面还要加只零。虽然我看不出什么区别,但我对此深信不疑。吴丙声说,老头拉起提琴来,你没有听过,真是像丝绸一样,像天鹅绒一样,你听过就晓得了,听了真是会醉啦。我也相信。吴丙声说,你晓得不,老头在意大利克莱蒙纳读过书,你不晓得克莱蒙纳,哈哈,那我跟你讲斯特拉迪瓦里你更不晓得了,你要变木头人了,他是世界上顶牛逼的制琴大师啊！他娘的这个人太有名了，老头说，你如果拎着一只小提琴盒在欧洲坐出租车，司机会问你：你里边装的是斯特拉迪瓦里吗？老头说他死掉以后，他的名字就变成一把琴的名字了。

几天后，玻璃立柜里的两把小提琴，离奇地少了一把。让我纳闷的是，这个消息最早是马小锋告诉我的。当然，这件事很快在吴丙声那里得到了证实。他要怀疑的人很多，第一个就是冯丽莉。吴丙声说，这个冯丽莉也越来越不像话，动不动去摸上海老头少而柔软的头发，还有老头裤裆里的香烟——我觉得她差不多已经摸到老头的枪了。我笑着说，上海老头的枪是不是很大？吴丙声对我这个问题非常失望。他继续声讨冯丽莉，那天他正在台锯上操作，冯丽莉过来，还嫌他吵，啪，就把电源关掉了——上海老头居然一点脾气没有，只是亲昵地称她为小十三。我的判断是，小提琴案应该跟冯丽莉关系不大，我一直看着吴丙声，我看着看着，他的脸部开始失焦，模糊开来，化成了一片涟漪的水面。

4

那时的我，像一张单薄而脆弱的纸，无知，懵懂，轻狂，每天脑子里的幻象倒是瑰丽得很，文字却是失血般地苍白。其实我去乐器厂，想见的并不是吴丙声。我的内心开始追随一个人，他的身边早已簇拥着一帮年轻人，我是远远看着他的一个。我想靠近他，甚至想拿诗稿给他看。对我来说，他是另外一个世界。

那天我在街头，从咖啡馆的落地窗里看到上海老头，他好像在等人，我装作若无其事地进去跟他聊了几句，紧张得手心冒汗。他对我有点印象，哎哟，诗人嘛。说得我不好意思，踟躇不安起来。当时他坐在靠窗的位置，手里正在翻一本《世界文学》，这让我很惊讶。当时的情形我有点记不清，似乎是他走的时候，把那本杂志落下了。我就等待着那一刻。他走后，我就把那本《世界文学》收为己有——或者干脆就是趁他解手的当儿，我把它卷入风衣口袋，拍屁股走了。一定是这样，我的记忆碰到这样的事情总是在自动修正。我记得里面有《百年孤独》的六个选节，难以想象我当时阅读这些文字时的激动心情，原来文字也可以这样地瑰奇。

后来一回，是在孝娘桥那边的友谊俱乐部。我不擅跳舞，那天朋友死拉着去，也只是在边上看看热闹。皋城实在太小了，是的，我又看到了上海老头，第一次领略他的舞姿，他简直就是上世纪八十年代皋城的一个传奇。他跳了一段苏式探戈，引爆全场，他的魅力无人能挡，还有他的高大，他的温文尔雅，他的亲和、风趣又不失犀利的谈吐，都让我心生景仰。我不是吴丙声，我对他没有道德诉求。不过那天夜里上海老头看样子喝了点酒，后面有点胡来，他强拉了一个陌生女孩，搂着跳两步舞。人家男友看不过去了，招呼一帮人，抓着上海老头的衣胸不放，事情眼看着不可收场。这时那位吹长笛的朋友出现了，他搭了一下对方的肩膀，旁人小声说了句什么，事态便奇迹般地平静下来。我和他见过几面，只是没有想到，马小锋还有这种来头的朋友。

一九八三年夏天，全国严打，小城一片肃杀，每天都是枪毙人的消息，街上开始贴满了判决布告，所谓罪大恶极，不杀不足以平民愤。震惊全城的案子，是一个绰号叫梅花牌手表的女裁缝，流氓教唆犯。她简直就是上世纪七八十年代皋城的性启蒙者，我们都想成为她的教唆对象，然后又是同一帮人站在山头上看她如何以不堪的姿势被一枪击毙——这些过早尝试前卫生活方式的人，在严打风暴中付出沉重的代价。

那天吴丙声打电话来，我没有上班，我正在家里消化另外一个女人带给我的悲伤。她是我家斜对面小店的一个女职员,她儿子前几天被枪毙了。只见她坐在店门口,不停地吃瓜子吐瓜子,还跟人讨论毛线的几种打法,直到公安局来人向她收取五毛子弹费的时候,她才没有绷住,哇的一声大哭起来。

吴丙声像往常那样上班去,他觉得一大早厂里的气氛有些异样,大家在神色张皇地议论些什么。他管自己干活,他其实没什么活,上海老头不在,一切停摆。都快到中午了,老头还没来上班,这是少有的事情。吴丙声准备到对面的阁楼上去看看,他是第一次走上那个陡峭的木梯,透过一个木洞,盯着里面那张乱糟糟的床看了半天。下来的时候,管门店的人把他叫住了,他喜形于色地告诉吴丙声,冯丽莉那个小婊子昨天夜里被公安局抓去了。吴丙声还没来得及高兴,因为他马上想到了失踪了的上海老头。

吴丙声上了一趟厕所。他有非常严重的焦虑症,一有事他就想上厕所,他躲在乐器厂的厕所里,飞快地玩着自己的手指。最后他决定先给我打个电话。在他一遍又一遍地往我单位打电话的时候,马小锋骑着自行车仓皇闯进我家,他来告诉我,他的吹长笛的朋友昨天夜里被抓了。事情是这样的,他和一帮纨绔子弟在家里开派对,他们跳贴面舞,看三级片,玩小姑娘,结果走漏了风声,公安局连夜出动,被一网打尽。

直觉告诉我们,上海老头也一定在这个派对名单上,但事实上没有——或者说,他还没来得及去会他的酒池肉林,就已经倒在了浴室大池边上。那天浴室的水有点热,有点烫,老头的心脏出了点问题,好在一个江西来的捕蛇人及时发现了他。

三天后,我和吴丙声去医院看望多时不见的上海老头,他半躺在床上,笑谈如常,但他看向窗外的眼神里明显多了一层忧郁。

5

第二年春节刚过,县里一纸公文,宣布乐器厂倒闭。此时,老头刚从上海过年回来,一路哼哼唧唧进了皋城乐器厂——他难得搞了几枚德国绿美人琴弦,喜滋滋地拿给徒弟看。吴丙声一边看,一边难过得要哭出来,他告诉老头,乐器厂倒闭了。

上海老头临走的时候,给吴丙声留下了一只微型录音机。老头说,这只录音机本来是想送给一个朋友的,想想还是你要紧。我看你这么欢喜小提琴,蛮让我感动,怪只怪我们师徒俩的缘分太短,转眼之间我就要回转去了。也不是讲做琴非得懂音乐,但晓得一点没坏处,多少总归要晓得一眼,毕竟这是做小提琴,不是做夜乌箱。你每日要听啊,你搭自家当朝鲜泡菜一样腌在音乐这只缸里,你慢慢就会有心得,别的话我就不多讲了,有空辰光记得给我写信。老头一边说,吴丙声一边号啕大哭。

几天后的一个傍晚,码头上暮云低垂,栈桥、吊机、仓库,还有那些船只,似乎都显得格外地沉郁。来送上海老头的人很多,男男女女,几乎都是清一色的年轻人。我认识的人里,除了吴丙声和马小锋,还有乐器厂的冯丽莉,当时她被定性为单位管教对象,现在单位也撤销了,反正还是那副鸟样。大家在码头上说了太多离别的话,临上船前,冯丽莉突然紧紧地抱住了上海老头,久久没有分开,如果没有前面的故事,那一幕也足够打动人。

上海轮船的身躯过于庞大,掉头非常困难,大家高高举起的手臂挥得都有点酸,但是上海轮船迟迟没有转身,这一幕有点奇怪,有点可笑,上海老头突然觉得没有意思了,收回了他一直在挥舞的手臂,头也不回地进他的船舱里去了。大家又不好意思离开,船还没有走嘛,过了会儿,马小锋说他听到了小提琴的声音,接着吴丙声也说听到了。我的耳朵一直不太灵光。这个时候冯丽莉动情地说了一句:他是一个浪漫的人。

回来的路上,吴丙声没有跟我们走在一块。他一个人在马路对面,一边走还一边哭,他大概是不想让大家看到他的难受。我一直注视着他,但我并不是总能看到他,因为他逆向而行,总是被迎面过来的人群和车辆遮挡,有一阵他似乎消失了,又突然看到他在前面狂奔起来,踉踉跄跄地,似乎随时要倒下的样子。

那天走着走着,一群人只剩下我和马小锋,我们第一次如此亲近。没有考上音乐学院的沉重打击,慢慢在他的心里消退,不过最近他的音乐家感觉又回来了,他留起了长发,不过他的头发有点稀薄,不像人家厚得像马鬃一样,所以他拉琴的时候,头发乱飘。说句实话,我对他感觉一直不太好。那天,马小锋拉我去了一个小馆子,我有点意外,最后还是我付的钱,当然这并不重要。那天我把第一杯酒洒在了地上,马小锋的眼泪马上就下来了。他的朋友被判了死刑,昨天被拉到青岭一枪毙掉了。全城的年轻人都在山头上围观。马小锋的悲伤是,这么多人聚在一起,能听听他的长笛就好了。他对我说,你不晓得他的长笛吹得有多好。

一夜过去,我心里还是绕不过去,第二天便去看他。老远就听到小提琴的乐声。吴家在一截死弄堂里,弄堂的长度差不多描绘出了他家的大致面积。

弄堂口有一扇涂着红漆的小窗户，糊着发焦的旧报纸，我一般先是敲窗，等于发了暗号，再过去叩门。

门在弄堂底，我刚要敲门，从里面出来一个上年纪的女人，门一开，她身后的声音立刻放大了十倍，简直震耳欲聋，这个疯子哪里在欣赏音乐，他把自己投入了滔天骇浪之中。我认出正是吴丙声的母亲，她正猜疑地看着我。我对她笑了笑，阿姨，吴丙声在家吗？这个名字让她暴跳如雷，她提着嗓子在跟我说话，这个讨债鬼又发作了，他在外面受刺激，跑到家里来发作，算什么本事啊？她说我不认得你，我要去买米了，家里一粒米也没有了，这日子没法过了。

刚才没觉得他母亲老了多少，我进门之后，倒发现他的妹妹吴丁香好像突然长大了，让我和过去的记忆衔接时，出了怪异的感觉。吴丁香比我们低一届，以前她老像一个间谍似的盯着她的哥哥，好回去向母亲举报。印象中，还在学校的舞台上，欣赏过她的一次诗歌朗诵，像被人掐着脖子似的，让每一个诗句都显得既庄严又危险。其实她平时说话并不是这样，特别是在数落她哥哥的时候，声音尤为动听。此时，吴丁香根本不想搭理我，当然她也没认出我来。她分别把两只拖鞋狠狠地扔了过去，一只鞋在空中翻了一个跟斗，另外一只鞋似乎在吴丙声的房门上停了会儿,才掉下来。我敲了敲吴丙声的房门,里面除了巨大的乐声,什么反应也没有。接下来我就不知道如何是好了,他娘的走掉算了,随便他了。这个时候,吴丁香突然叫出了我的名字,她奔到她哥门前,吴丙声你这个恶魔,你快开门吧,你看谁来啦!奇怪,音响突然关掉了,所有的声音飘然落地,我觉得自己像几年后的一个深夜里,一个人站在广场上一样,寂静而辽阔。

门开了,吴丙声泪流满面地立在我的面前,他好像禁闭了一个世纪。他的厚嘴唇颤抖着,叫了我一声老兄,我们展开双臂,然后他像娘们一下倒在我的怀里,顺便腾出一只脚来,将门给勾搭上了。我能够想象,平时他的房门一定是紧锁着的,他把他的家人都当贼防了。这个小房间终日难见阳光,那扇红色的小窗户让他用旧报纸糊死了,一盏同样是红色的塑料小台灯差不多烤煳了。打一个不太恰当的比喻,这里有点像隐匿多年的杀人现场,充塞着一种怪得离谱的味道。

在那里,我看到了上海老头送他的那只微型录音机——他刚才把播放音量开到了极致。靠床的那面墙上,有他仿鲁迅先生的手迹:沉默啊沉默,不在沉默中爆发,便在沉默中灭亡。我在房间里晃来晃去,让他感觉很不好。我坐下来,他又不言语,一只手不自觉地捋着床单，费劲地要把床单上的一个皱褶弄平，我一直看着他，他并不是一个爱干净整洁的人，他又去弄枕头，枕边的一本《小提琴制作技艺》的小册子，霎时又击中他的要害，让他腾地立起，要将它撕烂，我一把夺过来，你有完没完啊。

吴丙声眼巴巴地看着我，悲哀地低下头来。他说，我喜欢这个东西，我真是迷进去了呀，你不要笑我，我就是这样。我想做小提琴来着，可我拿什么做啊，天哪，我还什么都不会啊——他说我就是想做，也没法做啊，单位倒闭了，不要说提琴，笛子都不用做了。昨天有个邻居让我给他女儿做一把小提琴，天哪，我还是给他做一把凳子吧。

6

我是机电厂的仓库保管员，我对这个岗位说不上满意，还算凑合，两人轮着倒班。上午忙一些，来领材料的人，拿了东西，一般还会跟我搭两句。在他是礼貌，在我纯属应酬。当然下午会空很多。好在我这个人不太受环境的影响，即使有人在我旁边聊天，只要不关我的事，我就能沉浸到自己的小心思里去。我每天在这个充满铁腥味的大房子里，断断续续地写点什么，那时我心怀远大，开始写长篇小说，每天写得两眼昏黑，经常会有一只手过来拍我的肩胛，其中就有模具车间的胖子。

胖子是外国电影配音的超级拥趸，这是一个看似非常体面的爱好。他们把西方人的声音一律理解为浑厚、优雅、神气活现又忧天悯人，似乎有一种天然"高级感"。胖子老到我的仓库里来，是因为这里封闭又空旷，产生一种深沉的回响，正好修饰了他在声线上的一些缺陷。这是另外一套冠冕堂皇的语言系统，不仅需要保持肌肉的均衡紧张状态，经口腔发出来的声音，沿上颚中纵线前行，向硬腭前部冲击，同时注意两肋打开，以保持胸廓的积极状态，产生较好的共鸣效果，这些都是他的经验之谈。现在他已经进入角色，如同置身于舞台，就差那一道炫酷的灯光效果。

我也是后来才知道，胖子新交的女友是吴丙声的妹妹吴丁香，毋庸置疑，这真是天造地设的一对。那天我从吴丙声家出来的时候，我的内心是做了告别的。我没有想到，身边会有这样一个死胖子，整天在我的耳边念叨着吴家兄妹俩的名字。

半年后的一天，吴丁香居然跑到厂里来找我——我刚好从别的地方转出来，撞见她在跟门卫打听。门卫可能告诉她胖子不在，她又跟门卫说了什么，于是门卫直接指向我把守的仓库方向。我的仓库并不在他们的视野里,所以门卫老头曲里拐弯地跟她比画了半天。

吴丁香为什么不找胖子而要找我呢?她一脸迷茫地东寻西找,我跟在她后面,但她马上走到错误的道路上去了。我径自回了仓库,吴丁香老不来,我好像在等什么要紧的人,心里还有点忐忑,真是有点儿可笑。后来吴丁香来了,她见到我大惊失色,好像她哥哥的事情,是在看到我之后才发生似的。

她喘着大气说,我哥是不是在你这里?

没有。我说,他咋啦?

她不说话,歪着脑袋去张望仓库里面,仓库很大,可真是藏人的好地方。

她狐疑地盯着我:他没在你这里吗?

没有。我说,我好长时间没有见他了。

吴丁香说,他已经有一个多礼拜没回家了,他跑哪儿去我们不管,他想去哪就去哪吧,可他把家里的钱卷走了呀,我妈这笔钱,老在嘴里唠叨,今天她去翻箱子才发现,那笔钱变戏法一样变没了,钱自己又不会飞,肯定让他卷跑了!家里人要死要活呢,真是急死人了——你说,他会去哪里呢?

我哪里晓得。我说,他平时都有哪些来往啊?

我也不晓得。吴丁香说,天底下他好像就你一个朋友。

我真是吃了一惊。怎么会呢,你只是不了解他而已。

吴丁香说,也许吧,只是我们现在找不到他了,他把家里的钱卷跑了。

由于我和吴丙声的关系,胖子经常来找我聊天。他看到我,常有难以掩饰的甜蜜表情,我能够理解的内容有:吴丁香的爱情、一段刚刚掌握的经典台词,以及我们能够共享的新话题(吴丙声)。他在声音上的夸张处理,以至日常的对话都像电影里的台词:哦,你在写作,我有打扰到你吗?他总是明知故问,碰到他有兴致,还有我的明朗表情所暗示的某种许可,他胸膛一挺,微微踮起他的脚尖,摆出那个著名的在俄罗斯民间被谑称为"拦出租车"的手势,我听得出是电影《列宁在一九一八》里的台词:阿历克塞·马克西姆维奇,我敬爱的高尔基,你是一个非常伟大的人,别让怜悯的锁链缠住了你!现在正是多么尖锐的斗争,你还是把这种怜悯丢掉吧!然后他凑近我的耳朵:吴丙声可能跑到上海去了!

这当然只是他的猜测。它听上去有些靠谱,又觉得不太可能,他在上海能待这么长时间吗?难道他没脸没皮地就在上海老头家里待下了吗?这让我有些小小的醋意。

几天后,胖子满头大汗地跑来,模具车间和我的仓库有段距离。他说不得了了,你一道过去看看吧。我不知道发生了什么,又是天生好奇,两人骑车一路七撞八跌到了吴家,只见一辆小皮卡堵在那里弄堂口。车上装满了木料,吴丙声正抱着几根木板往下卸。他母亲要跟他拼命,在他身上扑腾着,吴丙声忙里偷闲地,一边对付他母亲,一边还诧异我怎么跟胖子在一起,他暂时还没有想到我和胖子是一个单位的。他倒是没有指使我,他让胖子帮着卸木料,看来他真是把他当自己人使了,一句客套也没有。

这个时候,做母亲的放弃了与儿子的纠缠,扑到大女儿的身上去了:你不要怨恨你妈,你妈给你存过钱的,现在你的嫁妆没了,你的嫁妆都变成了木头。这木头做不了你的嫁妆,倒是来给我做棺材的呀,这个讨债鬼是要我死啊,我就死给他看吧!吴丙声的姐姐一边号哭一边紧紧抱着呼天抢地的母亲。我看不下去,过去叫了她一声阿姨,她看了我一眼,使哭声中止了有两三秒钟,我是想安慰她两句,但好像让她哭得更凶了。吴丙声搬着木料,一边还指挥着司机、胖子和另外一个人,你们动作快点啊。这时候,吴丁香从外面赶来,她冷冷看了我一眼。她这一眼,我全懂了,就是说,在那天她向我打听吴丙声去向的时候，我完全向她隐瞒了实情。好吧，她这么想也很合理。

这个混乱的场面，对吴丙声的影响非常地有限，他按部就班地做着他的事情。他跟我说，这些都是好料啊。他兴奋得有点过了头，貌似要甩开膀子大干一场。我把吴丙声拉过来说，你把木料放在哪里啊，你家这么点地方，全成仓库了？他抱着木料，木料下面腾出一只手来，跟我比画，他刚从锯板厂回来，木料呢一部分已经按照小提琴的尺寸锯好了，现在他想把这些木料统统堆到他的小房间里去。我有点不认识他了，我不晓得他在说什么，小房间？这些木料？你开玩笑是不是，你脑子进水了？你的床和桌子呢？你睡哪去啊？这木料又不是走私枪支，你这么藏着掖着干什么呢？你还怕家里人偷啊？

后来还真是，这些木料全塞进吴丙声的房间里去了，他先在地上铺了一层厚木板，进门得把脚抬得老高，像上码头似的，形成一个新的舞台。其余木料的长度与床基本同宽，他把这些木料都"塞"到床底下去了，由此他的床已经顶到天花板上去了，房顶上有一个老虎窗，月色常新，还有层出不穷的猫，夜夜把瓦片踩得呱叽作响。

吴丙声有一天做梦，事情反过来了，他变成了猫，爬到人家的屋顶，从老虎窗里看进去，看到了一个厚嘴唇的男人。吴丙声对这个梦很得意,跑老远的地方给我打电话,他已经很久没有给我打电话了。他在电话里说,这个梦是不是可以写一首诗?听上去他的心情不坏。我说你晚上睡觉是不是一蹬脚,就直接踩到云里去了?他极为认真地告诉我,他睡相很好,基本不动,好得跟僵尸似的。他说他给自己做了一把梯子,上床下床都是这把梯子,他有点舍不得,这样好的木料居然先用来做一把梯子,不过,吴丙声说,我马上就要动手做我的小提琴了。我说好呀,现在神仙也拦不住你了。

7

胖子又来了。我本来以为他挂在脸上的忧伤,只是为接下去的台词作情绪上的预备。我不去理他,他一个人在我的身后徘徊——他是跌跌撞撞的,在他眼里,绝对是有情景再现的,比如说那里有一道门,他得把门打开。这回他是《简·爱》里的罗切斯特,他在跟简说话:你把自己关在房间里一个人伤心,一句责难的话也没有,什么都没有。这就是对我的惩罚?我不是有心要这样伤你,你相信吗?我无论如何也不会伤害你,我怎么办?都对你说了我就会失去你,那我还不如去死。

后来有人进来领材料，中止了胖子的表演。他看上去，有点像泄了气的橡皮人，有一种无法重新振作的萎靡相。他们俩还聊了会儿天，那个人出去后，我以为他又要继续他的罗切斯特，却支支吾吾地，好像要跟我说什么。我知道，他这回要跟我说的不是电影台词，他又不说，左右为难，好像非得我来揭这个盖子。

你跟吴丁香的事怎么说了？

没什么。胖子说，她这个人有毛病，她们一家人都有毛病。

我心想，他怎么跟吴丙声一个口气？

胖子吞吞吐吐，倒弄成我这个人有打听别人隐私的嗜好，你不说就不说好了，跟我有屁搭界。胖子说，你是不是跟她哥说过我是个临时工？

天哪，我去跟她哥说这事干什么，我说我没有说过，再说你也快转正了呀。

胖子说是吗，也不晓得她们是从哪儿打听来的，在这个问题上，她那个哥哥，倒和全家人穿一条裤子了。那天她哥问我，怎么听说你是临时工？我说马上就要转正了。他说那你等转正了再来吧，我妹妹嫁给一个临时工，说出去难听死了。那天他说话的样子冷得不行，我没有想到这个绊脚石原来还在他那里。

我想起来了，上次搬木头后，吴丙声跟我打听过胖子。当时我挺意外，他什么时候关心起妹妹的事情来了。现在听胖子一说，我有点吃惊，这个吴丙声我有点看不懂了。

我对胖子说，我不会坏你的事。如果我没有记错的话，还在她哥哥面前夸了你几句，我说你这个人特别能干。

胖子说，你说能干不能干做什么？我又不是去他家做苦力的。

我想胖子这人怎么这样，好赖话听不出来。他一脸的满不在乎，其实心里干着急，动不动就跑到仓库来跟我诉说衷肠。这口子一开，我变成了他的倾诉对象。我对他的爱情故事没有兴趣，倒是从中得知吴丙声的一些皮毛。

乐器厂倒闭后，吴丙声调到县钢窗厂。我不知道一个木匠在钢窗厂能干什么。听胖子说，他白天上班，晚上用乐器厂偷来的电刨凿子啥的，关起门来乒乒乓乓干起来，一直忙到深夜，谁也甭想睡个囫囵觉，弄得家里鸡飞狗跳的，他不管，他照做不误。家里人简直想杀了他。胖子说，你晓得他家两姐妹让我干什么吗？让我趁他白天上班的时候，把他东西全扔出去，她们以为这样，就能阻止他的疯狂念头。我不干这种傻事，我犯不着跟他闹什么别扭，如果可能的话，他还是我大舅子呢。

胖子说，他一开始对我特别信任，毕竟我做模具，说到底也是木匠，所以我们俩能说到一块去。我还给他搞过一斤鱼鳔，他用这个鱼鳔来胶琴，用锯条做的那种美工刀，一边熬一边胶，一点点把胶水批刮过来，鱼胶皮臭哇，在整个房间都是贼臭贼臭的，我帮他一块弄。他房门一般是不开的，里面弄得像研究所似的，贴满各种小提琴图纸，我看他都快把原来乐器厂的东西搬空了，各种工具、油漆、配件。他还订了一本《乐器》杂志，好像也不怎么看。对了，他手上还有一把现成的小提琴！

听到这里，我的脸上浮出一种古老的笑容。其实那天我在吴丙声的房间里转来转去，就是在寻找上海老头失窃的那把琴——我从来没有动摇过我的猜测。胖子说，好好的一把琴，他要将它拆了，我不明白他为何糟蹋一把好琴，他其实也舍不得，捧着琴哭。我倒是有点懂了，他在探寻上海老头的奥秘，一把好的小提琴是有灵魂的。

胖子说，吴丙声特别迷恋工艺，做什么都格外用心，哪怕一块小小的衬木。但他生性多疑，噼里啪啦做一阵，又不动了，乱七八糟摊在那里，几天不见动静。他老觉得哪里出了什么差池，前面做的都不对。他跟我说，他老做梦，老梦见上海老头，老头总在他的耳朵边说，扔掉算了，扔掉算了。他没有办法将这个声音从他的耳朵里拿掉。消停几天，他又噼里啪啦开始了。你不晓得，一家人恨死他了，那天姐妹俩拿着一个大麻袋，趁其不备，把他套在里面了，他母亲扑在上面又是哭又是笑，我趁机猛踢了几脚。那天他不晓得我在他妹妹的房间里，还没等他从麻袋里钻出来，我就逃走了。为这事，吴丁香还生我的气，说我下脚这么狠，毕竟是她的哥哥呀。你说这一家子，有没有毛病？

胖子说，自从她哥哥晓得我是临时工，就给我脸色看，我也没办法，我在吴丙声榔头刨子的声音里，还有臭烘烘的鱼皮胶的味道里，艰难地和他妹妹谈着恋爱。其实吴丁香还是挺喜欢我的，她就是不跟我出去兜风，以为看一场电影，她的贞操就没有了。我听说她母亲以前挺风流的，怎么一点没有遗传给女儿啊。没办法，我只能在她的房间里谈，还不能把门锁死，锁死了，一家人就会有想法，特别是吴丙声，他的脑袋瓜里除了木头，全是封建思想。我这边刚说上几句亲热话，不是他母亲来敲门，就是吴丙声找我过去帮忙，我像一个妃子被召幸那样，还不能有啥想法。

胖子向我描述最多的，是如何在吴丙声惊天动地的嘈杂声中，他和吴丁香在房间里一遍遍地说着上影配音版的《简·爱》里的台词。我太能想象这样的场景,想象吴丁香那张布满雀斑的慌里慌张的小脸庞:你以为我穷,不好看,就没有感情吗?我也会的。如果上帝赋予我财富和美貌,我一定要使你难于离开我,就像现在我难于离开你。上帝没有这样。我们的精神是同等的,就如同你跟我经过坟墓将同样地站在上帝面前。

胖子说,那天他们说着说着,真的吵起架来,吵得不可开交。或许我们的吵架,只是对这种嘈杂的不适。胖子说,我们吵着吵着,那边的声音突然停止了,静得跟什么似的。我不知道吴丙声是做好了,还是要进入另一道工序。吴丁香倒是不跟我吵了,她傻在那里,在这个突然到来的难得清静里,我们彼此拥吻。

那天我从吴家出来很晚,我看到吴丙声从老虎窗爬出来,他一个人坐在屋顶上抽烟,斜着头看月亮,那天月色真好,能看到那透亮的烟雾在他脸上妖娆。胖子向我描绘这个场景的时候,我不禁想起了上海老头,我想吴丙声此刻一定很想念他吧。

8

吴丙声倒是跟我打听过,能不能给他介绍一个懂琴的行家。我跟他说起过马小锋，我说有个邻居拉得非常不错。他不以为然。大概在他看来，邻居这个词实在是太庸常了吧。

那天，吴丙声路过一个地方，墙上一排的牌子：文联、编辑部、文化馆，那幢爬满凌霄的楼房，简直像八音盒一样，每个窗口都飘忽着弦乐和歌声。他觉得从里面出来的人也不太一样，都不爱搭理别人。第二天他换了一件衣服，穿过南星桥，穿过小广场，中间还遇到一支老年合唱队，好像还有谁在叫他的名字，他顾不上，他要去那里找一个小提琴专家，于是他在文化馆的走廊上碰上了马小锋。

马小锋去文化馆，就像我去隔壁的文联和编辑部一样。文化馆要热闹一些，那里有许多美女出没，我跟几个画家的关系也不错。文化馆的音乐干部，是一个拉手风琴的老先生。当年中苏友好，手风琴很流行，地位也高，他的《莫斯科郊外的晚上》也是迷死人。他也拉小提琴，小提琴这东西很小资，而手风琴一贯健康向上和政治正确，所以他在那个年代里慢慢冷落了小提琴。老先生非常有意思，他说马小锋只会拉一句，我听着新鲜，第一次听到这个说法，他说的这一句，是柴可夫斯基《D大调小提琴协奏曲》第一乐章第一主题，即引子部分。他说，但凡有好看的小姑娘出现，马小锋就疯狂地拉这一句，头发弄得像拖风布一样，漂亮是漂亮，但是拉完这一句就没有了。当然，老先生又补充道，在皋城能拉这一句的也不多。他快要退休了，所以马小锋一直在跑文化馆的关系，老泡在那里，那天，他在跟人讨论戈尔巴乔夫脑袋上的酷似俄罗斯版图的胎记。

他正说着，吴丙声的影子从门外悄然飘过。两人在码头上打过照面，马小锋大致知道他是上海老头的徒弟，觉得应该打个招呼，可人家没有这个意思，狐疑地看着他，绕开了，向前面走去。吴丙声觉得对方有点面熟，他想不起来在哪里见过一面，他这会儿也没有工夫，他要去找一个真正懂小提琴的人。前面的办公室一间间他都敲过了，都让他到前面看看，他已经听到排练厅里的歌声。他不敢贸然推门，悄悄地接近。站在门边的马小锋发现自己有点多余，想了想还是随便他去，不过当他回眸过去，吴丙声也正好在看他。

吴丙声跑了几趟文化馆，好像每个房间里都有声音，就是没人理他。他到处跟人说，我是做小提琴的，我是做小提琴的。终于有人听懂了他的意思。这个人就是拉手风琴的老先生，他对眼前这位年轻的制琴师饶有兴趣，不过手头正好有点事，让他去邮电局找一个叫马小锋的人。吴丙声听到这个名字，忽然想起那天在走廊上的相遇，脑回路一下子清晰起来。文化馆和邮局只是隔了一个小广场。那天马小锋没有上班，吴丙声吃不准他什么时候回单位，便在邮局等着，他看人家怎样寄信、汇钱、托运包裹。这些情景让他格外地想念起上海老头，于是他给老头写了一封信。他在信中写道：

> 与师一别，转眼两年余，甚为挂念。这边情形如旧，我仍碌碌，调到钢窗厂，了无生趣，不过是混口饭吃。为徒日思夜想，唯顾念琴事，倒是讨巧做了一两把，差堪告慰耳，在师看来一定庸鄙得可笑。若明年能去趟沪上最好，当面讨教一些器具及手法。今日去信，有一事相托，烦请代购上海牌咖啡一至两罐，随信附上贰拾元，不胜感荷。

吴丙声弓身在邮局角落的小桌旁字斟句酌的情景，正好让从外面回来的马小锋撞见，那一幕令他印象深刻。他悄无声息地在人家身后盯了半天。吴丙声看到马小锋，激动得不行，他叫了他一声马老师，可以想象马小锋的矜持和傲慢。两个人就算这样认识了。

马小锋后来向我描述过当时的情形，不过他说什么都有点调侃的味道。我知道，他是看不上吴丙声的。吴丙声本来有一肚子的问题，见了面反而不知道说什么好，好像马上就要走掉的样子。他一边说话，一边大幅度地摇摆着自己的身体，不停地看着窗外，他告诉马小锋，好像马上就要下雨了。可能还是因为生疏。马小锋问他现在是否还在做小提琴，吴丙声艰难地点了点头。马小锋说，什么时候让我们看看你做的提琴。马小锋说的我们，前面已经有了铺垫，除了前面拉手风琴的老先生，他还提到了我。吴丙声有点意外，他没有想到，马小锋就是我曾经说过的邻居。所以他突然觉得有些扯淡。他跟马小锋说，他又不懂音乐。马小锋笑了，他回头跟我说，好像他懂似的。后来马小锋看到吴丙声在邮筒旁犹豫再三，也不知道最后他把这封信寄出没有。

不过让我费解的是，吴丙声怎么想起喝上海咖啡了呢？

9

马小锋不发电报多年，管着楼下的一个集邮门市部，他待不住，主要靠他手下的两个女孩坐镇。吴丙声过来，两个人隔着柜台说话，马小锋眼前的车水马龙，不停地被他摇摆的身体所切换。他不停地谈他制琴过程中的苦恼，而马小锋一直在鼓励他把琴拿出来，两个人常叙常新。有一次马小锋不在，店里一个叫姚菲的女孩，问他是不是也是拉小提琴的？吴丙声甜蜜地告诉她，你只猜对了一半。所以吴丙声总是有的聊，他还可以去小广场对面的文化馆找拉手风琴的老先生聊天。他在那里还认识了诗人、编辑、舞蹈家、京剧票友、整天练嗓子的人。他还时常在街上买些卤味，和画家们混一块喝酒。圈子里的人都知道他，他的名字紧密地和小提琴联系在一起，他还加入了县音乐家协会。吴丙声一方面很乐见生活中的这个变化，但苦恼也随之而来，有时候他觉得这些人都是狗屁。

马小锋在我面前还特别爱聊到吴丙声，好像不说几句，他就过不去，还一副受伤害的样子。我想也许他们私下里的关系并不错，马小锋喜欢寒碜人，如果吴丙声听着没事，甚至有些享受，这就很像一段牢固的婚姻。不过，这跟我没有关系。我最近倒是常拍马小锋的马屁，通过他的关系在邮局订几本文学期刊。现在的人很难想象当时订阅期刊的艰难历程，马小锋有时也没有办法帮到我，他甚至让邻县邮电局给我订一本，然后每期都托那个朋友有空带给他，他再拿给我。这种事情现在听来就像是一个传奇。一本杂志辗转到我手上，有时会有传阅过的痕迹——我还记得哪一期的《外国文艺》上，有几句被人画上了蓝墨水的波浪线。我读此也格外地有体会，怀想那个陌生的读者，可谓神交。

那几天家里在收拾灶间，把熏得乌黑的墙壁重新刷了一下，原来的木窗也烂掉了，要换新的。于是我想到了吴丙声，想通过他的关系去钢窗厂弄一个。这是我第一次去钢窗厂，钢窗厂也好玩，到处都是热火朝天的劳动景象，我在各种金属碰撞的声音里，寻找着一个木匠。有人给我大概指了一个方向，我在那里碰到一个油漆女工，油漆女工一听到这个名字，就忍不住笑了。她说吴丙声可能不在。油漆女工又说，他三天两头请假，他去医院量体温，用开水烫温度计。我听了笑死了。这个时候，吴丙声从一个犄角旮旯里出来了，他比当木匠的时候脏多了，肮乎乎的，各种油漆污迹，满脸都是笑。他根据我的大致尺寸，帮我挑了一个，然后又跟开票的人耳语了半天。他回头跟我说，你最好买包飞马牌香烟给人家，我说好。我在买烟的时候，吴丙声对我咕哝了一句，有人要买他的琴了！

我闻之大惊，我说太好了！他看起来没有我想象的开心，开心是有的，但是这开心里似乎有些让我不明白的东西。我不知道它是什么。

当晚,我穿过马小锋家的院子,跟他家人打过招呼后,直接穿堂入室,来到他家后门的一个小河埠。马小锋无暇顾及我的到来,只留给我一个潇洒的背影。他忘我地拉琴,拉得他头发乱舞,这当然非常符合一个音乐家的自我感觉。马小锋知道我来了,但绝没有回头的意思。一曲终了,又慢条斯理地用一块软布擦着琴弦上的松香——

马小锋说,我猜你是来告诉我,有人要买吴丙声的小提琴了。

他说罢,回过头来极轻蔑地一笑:我知道。

他告诉我,买琴人是拉手风琴的老先生的学生。不过这把琴,首先要过老先生这一关,他让马小锋到时候也一块过去试琴。我听到这里,瞬时就明白了吴丙声当时的担忧。马小锋说,老先生催得急,吴丙声一直在拖,反正各种理由。我在老先生面前也不好多说什么,其实吴丙声一直在沽名钓誉,一个小木匠,初中文化水平,他的知识结构和文化储备根本就没办法做小提琴,他也拿不出来。

这话我听不下去。你以为你拉小提琴,是因为你有这方面的才华?或许只是因为你父亲年轻时结识过一位拉小提琴的姑娘,又恰好能匀出一笔钱来给你买琴好不好?如果我家里有一台钢琴,说不定我今天就是钢琴演奏家——而且,我也不认为做小提琴有什么高深的学问,小提琴的每个部件不是都有数据吗,严格遵循范式不就成了?

非也!马小锋说,精准谈何容易?就算你每一个数据都对,合起来可能就不对,你不知道哪里出了问题。你死守这些数据是没有用的,这是一套系统工程。小提琴非常敏感的,哪怕你鱼胶粘得厚了,无形之中就加重了它的质地,声音在面板上面流动的时候,被它阻散了。你知道笛子为什么会在外面缠几圈线,因为做完以后发现那几个地方需要补偿。这些东西他都懂吗?他连音律都不懂啊兄弟,他怎么做琴?琴呢?你见过他的琴吗?

马小锋说,你要知道,我身边有一帮拉琴的朋友,包括那位可爱的老先生,听说他会做琴,都他妈的激动坏了好不好?整天嚷嚷着要去他家看看。

那你去啊,我说。

马小锋看着我,他让我去了吗?他家弄堂口有一扇小窗户,糊着旧报纸。我每次骑车经过,先敲他的窗,他把窗户打开,然后我就趴在那里跟他说话。我看到里面有几把琴,每天挂在那里——他从来也没有邀请我进去过好不好!

对此我有些吃惊,我本来还想说上海老头的那把琴,话到嘴边咽了回去。那把琴肯定也不会挂在明处。我现在有点明白,马小锋跟我不一样,他懂小提琴,他进去再寒碜几句,让吴丙声情何以堪——说到底,吴对自己的琴根本就没有信心。

10

那天阳光甚好,小广场花团锦簇,附近商场一遍又一遍地播放着女版《热情的沙漠》:我在高声唱,你在轻声和,陶醉在沙漠里的小爱河。吴丙声抱着那把琴,穿过花坛小径,向那幢开满凌霄花的楼房走去。那把琴应该在他手里刷了无数遍的调制漆,配上了乌木指板、枣木腮托和黑马尾的琴弓,装上了弦轴、琴马和琴弦。不过他还没来得及为它配一个通常有着法兰绒里子的琴盒,只好弄了一块裁自他母亲旧式旗袍的绒布——那可是他母亲弥足珍贵的一件旗袍,他不管,他还嫌它有一股浓烈的樟脑丸味道。

马小锋给我来电话,让我上午早点过去。我去了以后才知道,他们说的早点来是什么意思。文化馆空无一人,这个自由散漫的地方,此时根本没有人影。我第一个到,然后在三楼的楼道口,看着吴丙声穿过小广场的花坛,抱着那把琴朝这边走来。

楼梯那里很快传来了他的脚步声，有些拖沓，又有些凝重。吴丙声看到我，颇觉意外，嘴里哼的沙漠里的小爱河戛然而止。从他稍稍惊讶的目光里，似乎是说你来干什么，不过我这个闲人，毕竟还有点让他放松。我们并排坐在楼梯的最高一格，这样可以从窗口看出去，看到小广场的景致。他没有让我看他的琴，他把琴横放在自己的膝盖上，两只手又在那里飞快地玩转。沙漠里的小爱河还在撕心裂肺地唱，我问他有没有在看世界杯，墨西哥世界杯，马拉多纳的上帝之手。他不理我，手在玩，眼睛却始终看着窗外，在明暗光线交织下，他的脸被生动地勾勒着，他的下巴坚定地向前撅着，固执地保持一种姿势。

后来他们来了。他们是马小锋、拉手风琴的老先生、买琴的学生和她的家长，还有一帮小提琴爱好者。他们把办公室围得水泄不通。学生家长看到吴丙声，似乎有些失望。可能在他们看来，吴丙声连一个好木匠的样子也不像。老先生说，我来介绍一下。他一介绍，吴丙声的表情立刻隆重起来。他的那把琴被郑重地摆到已经腾出来的桌面上来，那块暗绿色的绒布正在徐徐打开。这是我第一次看到他的成品琴。我不禁有些讶异，形制、纹路、漆水都极好,那个螺旋状的琴头漂亮至极——绿绒布被揭开的过程,似乎有一道想象中的光芒,大家哦的一声,好像惊到什么。那个买琴的学生回头看了一眼自己的家长,他们的脸色已经明显转暖。

老先生抚摸着这把琴,就像抚摸着少女丰腴的肌肤,他的手指弹跳着,同时他的松弛的下巴像神经官能症似的微颤不已。老先生很谦虚,他把琴交给了马小锋,他说看上去还不错,但它是不是一把合格的小提琴,还要看它的音质,你来把它调试一下。马小锋推让了一番,才勉强地接过这把提琴。

本来吴丙声的琴他是不屑看的,琴还没有看,他的心里早已有了结论。现在从马小锋的表情上,我知道这个结论正在动摇。马小锋太吃惊了,他把琴接过来的时候,他的目光里除了讶异还有无尽的柔情,仿佛是久违的爱琴又奇迹般回到他的手上。他开始调弦,他像弹琵琶一样,把四根弦都紧了又紧,反复调试。他觉得差不多了,然后拿起琴弓,来回在一块松香上拭了又拭。然后他扬起头来,把琴平稳地放在左锁骨上,他提溜着琴弓,陌生地看了吴丙声一眼,现场一片寂静,我们都在等待那一刻。这时,他手里的黑马尾弓迅疾跳起,琴声迸泄而出,委婉流转,我觉得很好听,吴丙声甜蜜地看了我一眼。但马小锋马上说不对。他说不对,吴丙声的脸色就黑了一层。马小锋把琴马矫正了一下,又紧了几把琴轴,再试,声音愈发地悦耳动听。但是马小锋并没有继续他的演奏,他狐疑地看着这把琴,像是在检查什么,他是不敢相信,这么出色的一把琴,竟出自小木匠吴丙声之手,他在寻找答案,他旋转着琴体,对着外面的光线,好像要通过左边的F孔,从共鸣腔里看到什么。我立刻领会过来,又觉得断然不可能。

只见马小锋的额头上冒出细密的汗来,他看了吴丙声一眼,那一眼无比地绝望和仇恨,看他的样子,简直要把琴摔在吴丙声脸上。但是他没有,他长发一甩,疯狂地拉起琴来,我不知道他拉的是不是柴氏的那一句,他拉得极好,娴熟的技巧,哀愁的旋律,充满俄罗斯原野的宽广气息和明朗悠扬的诗意。乐毕,现场掌声响起。马小锋把提琴交还给老先生,看上去他极虚弱的样子,脸色煞白,死样地盯了吴丙声一眼,抽身而出。老先生看着离去的马小锋,明显感觉到他的异样,但是大家期待的目光,又很快让他回到这把琴上。他握着吴丙声的手说,太好了,我没有想到你会做得这么好。

我尾随马小锋出来,到走廊一头的厕所死角里,我给他递了根烟,你咋了?马小锋背顶着墙,悲愤地盯着我,嘴巴一直在哆嗦。他一口咬定这把琴就是上海老头丢失的那把琴，他说，共鸣箱里有老头的签名！他太熟悉这个签名了——因为玻璃柜子里的两把琴里，另一把在他的手上，当时上海老头走的时候半送半卖给的他。我有些吃惊，不知道说什么好，好像说什么都不对。我说现在别下结论，等会儿问问吴丙声便知。马小锋竖着一根手指对天发誓，小木匠这辈子都不可能做出这样的琴，暂且不说他偷琴的事，这样的欺世盗名，我今天不打他一顿我过不去，你别给我拦着。

我非常理解马小锋的心情，在他看来，小提琴的神圣被亵渎了。我没有这样的情感，我有些惊讶，但内心也就这么回事。我去里面解了个手，可能是吴丙声也来上厕所，让马小锋逮了个正着。马小锋把他堵在盥洗台的死角里，掐着他的脖子，吴丙声肥嘟嘟的脸憋得通红，还有他的手臂上那蜿蜒如江河的胎记似乎也暗流涌动。他在不停地跟马小锋解释，他坦陈拿了上海老头的琴，但早就被他拆得五花三飞，他只是在自己的琴上模拟了他的签名。马小锋一字一句地回他道，弥天大谎，你一直在撒谎，我告诉你，你这辈子都休想做出这样的琴来！休想！吴丙声被激怒了，他有的是蛮力，将马小锋一把反叩在地上，并抡起旁边的一个拖把，劈头盖脸地砸了过去。

11

一把琴卖出之后,吴丙声名声大噪,一些人的莫名到访,令他不胜其烦。他去了一趟普陀山,修复中的寺庙空空荡荡,到处都是石匠们的槌凿声。他本来还想找个法师开示,结果在千步沙待了一个下午,因为忘带了泳裤,上岸时令一群妙龄女子惊叫四散。

他回来以后,遭遇了一段恋情,也许这个故事早就开始了。

现在我们知道,这段恋情的开场白是这样的:你也是拉小提琴的吗?

这些都是马小锋告诉我的,他又是如何洞晓这一切的呢,无非这一对相亲相爱的姐妹花,在往来不息的街头静守一隅,靠出卖各自的一点隐私,来消磨这漫长而无聊的时光。她们心里原来是有界限的,但说着说着,总会着了魔似的让她们飞快地说出自己的秘密,然后又在马小锋那里成为隐秘的谈资。

那天姚菲下班,在街上碰到了刚从普陀山回来的吴丙声,他们因此偏离了原来的路线,以正好同路之类彼此都心知肚明的理由,沿着贯穿小城的河流一直走下去,那是由无数细碎而颓败的老宅所簇拥的一片曲里拐弯的区域,老太婆在河边拍打被子的单调声音，似乎更映衬这一带区域的寂静。他们在小桥边停了下来，河对面的小区花园里，踏步机正在自娱自乐。吴丙声双手握着护栏，姚菲从侧边贴近他，把手覆盖在他的手上，然后一点点扣进他的指缝里去。吴丙声心里一点点发着芽，好像平生最重要的时刻正在降临。往回走的时候，姚菲已经挽上了他的胳膊，吴丙声心里靠上了岸。

姚菲带他去了一些他从未光顾的地方，录像厅、旱冰场、台球房。她球技极好，有一次和三四个男人一块打台球，赢了很多的钱，两个人下馆子、喝酒、逛电影院，这并不是吴丙声能够想象的生活，但他尽量装作兴致盎然的样子。对吴丙声来说，她是一个巨大的未知数。她似乎跟谁都认识。那天在旱冰场，吴丙声欣赏了她的优雅舞姿，她轻盈地滑过去，和交臂的一个男士击掌而过，吴丙声心里难过了一记。他一直坐在原地喝汽水。他明显不合适那些场合。这是我的男朋友——她在别人面前从来不隐讳他们之间的关系，这一点令吴丙声的心里十分受用。他只是不太明白姚菲喜欢他什么。但是当打扮入时的姚菲出现在下班高峰时刻的钢窗厂门口，吴丙声心里充满了感激。这个爱情故事在钢窗厂有了不同的版本，当然还有油漆女工的暗自忧伤。

他们的身体一次次贴近，在录像厅，在电影院，在公园密密的小树林里。在那个小树林里，姚菲像油腻的章鱼在他身上缠绵，吴丙声有一种从未有过的窒息感。他不知道自己是否真的喜欢她，有时候他觉得自己只是姚菲的一个猎物，任她摸，任她啃，她说过，她喜欢的东西就想咬一咬，不咬就无法表达她对"这件东西"的爱，弄得吴丙声身上乌青不断。但姚菲却不喜欢吴丙声把手指弄到她的嘴里去，她总是闻到钢窗厂油漆的味道。这个钢窗厂的喷漆工，邀请姚菲去他家坐坐。这个邀约在上世纪八十年代末期的时代背景下，有着郑重、正式及稳定的信号。不意姚菲却发出轻率的笑声，她的笑声像是一款涂抹剂，令吴丙声自信尽失，似乎有什么不良企图被轻易地挑明。他总是把握不好节奏。他试探道，要不明天晚上。姚菲想了想说，后天。好像彼此跳开一格，各自都得到了想要的东西。

那天晚上，吴丙声向家人宣布这一消息，她们的吃惊程度，就像是小行星要撞击地球的样子。她们既庆幸又觉得好奇，是什么样的女孩看上了她家的怪物。在吴丁香的倡导下，她们迅速地行动起来，一向紧闭的臭气烘烘的小房间被打开，高得离谱的床铺立刻恢复正常，木料被粗暴地堆在弄堂外面。她们从里面整理出一堆的刨花碎木，床单被褥统统被洗了一遍，一番整理后，他的一把全新的小提琴放在重要的位置上——胖子跟我提到这把琴的时候，我知道我离那个真相越来越远了。

吴丙声从未如此服从过家人的调派，他先去理了发，然后去大众浴室洗了一个澡。洗澡的时候，想必细细端详了自己的阳具，意识到晚上的诸多可能，然后又去附近吃了一顿生煎包子，这才安顿好自己的内心。当他站在乐器厂门口，看到对面小阁楼上晒出了一条红被子，而乐器厂原来挂牌子的地方，因为牌子的消失而显出一块特别的白来，心里堵得慌。回到家里，又在死弄堂里看到那些被扔出来的木料，他又难过了一记。

那天晚上，风姿绰约的姚菲翩然而至。她只知道这条街，并不清楚吴家的确切位置。不过她很快看到了那个巷口路灯下徘徊的人。那个人迎上前来，姚菲挽着他的胳膊，吴丙声说，这样不好。姚菲似乎把他挽得更紧了。走进吴家时，家中空无一人。她们都躲起来了，她们可能是窗外飘忽的影子，床底下突然消失的鞋子和柜子里被吸走的衣袂。姚菲问，你的家里人呢。吴丙声说，她们都看电影去了。此时，姚菲听到了一个不明来路的被压制的喷嚏声。她笑死了，几乎趴在吴丙声的肩头上不停地发出咳嗽般的笑声。那天晚上，全家人都像偷窥狂似的围堵着那个小房间，胖子跟我说，他早就注意到那个纸糊的小窗户上有一个破洞,他像去摸敌方哨兵一样,慢慢地接近那个有灯光的窗户。

姚菲表示她一直想到他的房间里来看一看,她又不无遗憾地说,这就是你的工作室吗,看起来还是太干净了。吴丙声羞赧说,是吗,本来这里乱得很,都怪她们多事。姚菲听得懂,她笑起来有点像咳嗽,中间有一个停顿,弹出来一个打嗝的声音。她说,其实还是乱一点的好。这简直说到吴丙声的心坎上去了。本来房间里有一把靠背椅,让吴丁香给临时抽掉了。虽然她自己守身如玉,但在对待别的女人包括未来的嫂子,她仍乐见生米煮成熟饭。她认为这样姚菲一进来就会坐在床上,所以她拿那把椅子的时候给吴丙声使了一个眼色。吴丙声当然懂得这个眼色的全部含义。从故事的一开始,吴丙声一直在鼓动自己。他说你坐,你坐嘛。姚菲不坐,她正在观赏拿在手里的一把小提琴。

吴丙声把脸埋在她的颈窝里,一边蹭着她的耳朵说,其实女人就是一把提琴。这是他想了半天的一个台词。他补充道:女人就是一把大提琴。吴丙声往自己环在她腰上的手稍稍使了一点力,顺便把她揽入怀中。他把她掳了去,掳到床边,来,你坐到我的膝盖上来。姚菲完全洞悉他的把戏,她很喜欢吴丙声渐渐大胆的试探,她知道这个房间布满了眼睛，她才不管呢。你胡说，女人怎么会是大提琴呢，它的脑袋呢？

这个你就不晓得了，这个我就要给你上课了。吴丙声的手摸索着她衣裳的破绽，一直伸到她的身体里去了。你看啊，女人的腰身像不像一把提琴？所有乐器里只有提琴最像女人了。提琴讲究木头纹路，摸起来又像女人的皮肤一样光滑，大提琴还要靠在男人的肩胛上，像你现在这样。你看，提琴的头子有点旋起来的，就像你的波浪形的头发，你光知道脑袋脑袋，女人不需要脑袋，有一点波浪就可以了。哈哈哈，就是不知道你这把大提琴拉起来怎么样。他说，我来拉拉看怎么样啊？我就要拉了。

姚菲完全被好奇心驾驭了，她说你怎么拉啊。

吴丙声随手拿过来一把小提琴的弓，我来拉拉看，你现在光知道女人是一把提琴，就是不知道男人就是这把弓。你知道弓又叫什么啊，弓又叫琴鞭，对，对琴鞭，什么是男人啊，男人就是一根鞭，鞭就是弓，弓就是鞭。我这把弓就要在你这把琴上拉一拉了。

他把弓搁在她的乳房上，来了一下子。姚菲痒死了，在他的怀里花枝乱颤，你要痒死我啊。吴丙声好像被刺激到了，完全放开了，他说，那我来看看，这里面怎么样？他的弓探索到姚菲的大腿里去了，他一手把她搂得死死的，一手拉得如痴如狂，他已经走火入魔，甚至忘了她是一个女人，她就是一把大提琴，他的脸像喝了酒一样大紫大红，他真的什么也没有干，他只是在拉琴，一把女人的大琴。

12

一九八七年春季的一天，我在开往上海的夜航船上，意外遇见吴丙声和他的女友姚菲。我背着马桶包在底舱白鸽笼式睡铺的空隙间寻找自己的位置，有一个人挡住了我的去路。吴丙声见到我的表现很夸张，在一片乱糟糟的气氛里，把我隆重地介绍给他的女友。我在马小锋那里见过姚菲几面，她叫我作家同志，我们又见面了。吴丙声热烈地把我按在他的床铺上，问我去上海干吗，是否有新的打算。当时的气氛就是这样，流年笑掷，未来可期，光明就在眼前。吴丙声问我，是否可以一块去见见久违的上海老头，这个我倒没有想到，非常高兴。他还留着上海老头留给他的地址，我们一路找去，好像是老西门的一个什么地方。我们找到那里，跟一个老阿姨说了半天，她不知所云，旁边有个浆马桶的人插话说，老头子早就搬走了。对面正在拆迁，眼前一片废墟，我们站在瓦砾堆上，就像站在一个时代的节点，彼此都没有说话，然后我们就在那里分道扬镳了。

  我是后来才知道，他俩在上海和我分手后，直接去了北京。他当时没有跟我提这个茬。我非常能理解，想必当时他也是心怀忐忑，随时都有撤回来的可能。听说他们在北京换了好几个地方，先后是在某剧场附近的胡同里安营扎寨，后来好像又搬到通州，有了自己的作坊。两人断交后，马小锋自然还会有其他途径知道这些。我一直不看好姚菲和吴丙声的爱情——可能是在马小锋那里听了太多有关她的风流往事，但我也确实没有料到，她会和吴丙声双双去北京打拼，并在那里结婚生子。有时候我想，如此这般的生活总是有原因的，只是你不知道而已——就像我跟马小锋信口胡诌的那样，他父亲年轻时真的有过小提琴之爱，只因女方家庭成分而被迫分手——马小锋还一再问我，我又是听谁说的。

  马小锋没能进县文化馆，辞职开了一家琴行，长发也剪掉了，一副人畜无害的文弱样子。苦练了多少年的小提琴技巧，整天和懒得练琴又到处吵闹的小孩子打交道，心有不甘是肯定的，不过和一帮虚荣心十足的年轻貌美的家长们眉来眼去，也算是一种额外的补偿。如果吴丙声还在皋城做琴，他俩完全可以形成一个产业链，马小锋翻手就可以在学生那里卖个高价,现在他兜售给学生的工厂流水琴,简直就是一堆烧火棍。

拉手风琴的老先生在他退休的第二年,意外去世。葬礼上播放的是提琴曲《乘着歌声的翅膀》,而不是老先生钟爱一生的手风琴乐——当然,手风琴轻捷华丽的风格,实在有点不太合适这个场合。另外,在一次深夜归途中,我在出租车里听到胖子主持的一个叫夜半私语的电台频道,当然我事先已有所耳闻,他的声音已经洗尽铅华,完全没了从前的浮华与虚张,显得更加地低沉而轻柔。也不知道他与吴丁香最后修成正果了没有。

这一年的冬天,我去北京鲁迅文学院进修,紧接到来的第二年,发生了太多的事情,我本来有望调文联工作——他们答应我回去就上班的,也因此搁浅。好在我也没有受太多的牵连。从鲁院出来,我一想到机电厂那黑黝黝的仓库,便心慵意懒,后来我在北京某出版社任外聘编辑,再后来我有了自己的文化公司。

故乡的人马在我的视野里渐行渐远,他们甚至从未在我的手机通讯录里出现过。在我买第一个手机的时候,他们都消失了,当年的电话短号只留在那些早就随风消散的小纸片上。也有过几次非常有限的回乡省亲,一次我坐车经过一个地方,我让司机停下来,摇下车窗,看到对面一家灯火通明的琴行,马小锋正在门边大力拍打着他的扫帚,漂浮的尘埃闪烁如细碎的金箔。他原本消瘦的身体明显开始发福。时间过得真快,八十年代转眼就过去了,回想起来竟缥缈得很,仿佛并未发生。

13

十余年之后,我在报纸上看到这样一则小提琴失窃案的报道:

> 随团访华的著名小提琴演奏家塔马什·埃格,在演出前遗失了一把珍贵的古琴,这把斯特拉迪瓦里小提琴制作于一六九六年,距今已有三百多年历史,是他的父亲二十一岁那年倾其所有买下的,埃格用它录了超过三十张专辑。警方第一时间赶到现场,让埃格描述一下这把小提琴的特征,埃格无奈地说,任何乐器都是很个人的事情,所有的小怪癖它都有,就像我的生命,我失去了它。

当时我正陷于北京家中的一把旧沙发里,这则报道让我可耻地想到了吴丙声——平常我很少会想到他,哪怕是一个极轻忽的念头。但是这里面有一个细节不对,塞在埃格的琴盒里冒充小提琴分量的,应该是一堆刨花或者旧报纸之类,而不是报道所描述的一团电线。

因为这则报道,那天我跟太太聊起了太多的陈年往事。当晚还做了一个奇怪的梦,真是想什么来什么,梦里有两个狱警来敲门,说有个囚犯非常想见我一面。我去见了他,他像个女人似的哭个没完,他哭我也哭,直到我太太把我猛烈摇醒。

不久后的一天,我在地铁站中转,意外听到了一个熟悉的声音。那里并不是通常的岛式站台,来回两个方向的列车将各自停靠在平行的高架上,中间隔着一条沟壑般的巨大空隙。此时两边都没有车,对面等车的吴丙声看到了我,大声呼喊我的名字,我看到他真是欣喜万分,想着是不是跑下去和他找个地方聊聊。吴丙声身边还有一个八九岁的女儿,可能是生病了,要到医院去,他一直在比画这个意思——由于距离比较远,我不是听得很清楚。正说着,他的列车呼啸而来,因为铁轨在前,他马上就会被列车长龙遮挡掉,这时他突然想到了什么,他一边把女儿挪开,一边朝我放声大喊:

阿宇,我的小提琴卖到意大利去了!意大利!我的琴!

我已经看不到他了,消失得无影无踪,本来还以为他会在我目及的列车窗口内出现。列车开走了,我还站在那里,怀想那些在旧时光里交下的朋友,依稀犹在,竟一个联系方式都没有,我不知道该去和谁分享这样的好消息。好吧,再见。

游泳池

秋天来了,一个夏季的喧闹声音,随着工人游泳馆的肮脏的水,一起被抽干了。我怀念在水中舒展身体的感觉,我迷上了游泳。

我去找王小墨。他住在海天西路老体育场那里的一个小房间里,他的房顶是台阶状的体育场的观众席,这使他的居所有一种特殊的气质。我喜欢那里,那天我提到了游泳。他们这里有一个室内温水游泳馆,归少体校管,而王小墨是体育局的人。

你不早说,王小墨说,游泳馆已经承包给了一个山西人!

我说,山西人也归你们管。

第二天,王小墨替我打了招呼,让我直接去找那个山西人。这是一个高大又胖的中年男人。天气还是有点热。他敞着怀,腆着一个滚圆的肉球,令人疑心他肚子里长了怪东西。因为胖,他笑起来特别地憨厚。游泳馆明价是每趟三十元。因为王小墨的关系,我得到了山西人的特别优厚。他让我在一个脏兮兮的抄写本上写下自己的名字,他随后注上:王小墨介绍,包月收六百元。我上面还有十来个名字,在这些陌生的名字后边,各有不同的注解。

山西人真是抹不开面子,我付钱给他,他的脸霎时红了。

其实我跟王小墨交情挺好。他说,本不该收你的钱。

我说,能打折已经不错啦。

山西人还是不好意思,他看起来有些感伤,他抬头瞧了一眼外面的天色。

夏天还行,天气一冷就没有人来了。

他接着说,没有人来,锅炉也要烧着,还有水,你得干净呢!

他的柜台上摆着许多插有钥匙的小锁,他把其中的一把锁递到我的手上。

他说,你游得怎么样?

我不知道怎么说。我这个人看上去不像一个会游泳的人,这我知道。

山西人笑了笑,脸上堆满了肉。

你瞧我说的，你肯定游得不错，否则你上游泳馆干什么来呢？呵呵。不过，如果你有兴趣的话，我可以给你介绍一个游泳教练——他其实就是少体校的副校长，他已经不带学生了，所以我也吃不准他什么时候来。

不必了，我只是锻炼身体，凡事喜欢自己琢磨。我说。

看得出，山西人有些无趣，他说，好吧。

游泳馆建于七十年代末，整个房子像一块霉变的蛋糕，每一块砖都是潮湿的，有些还长了青苔。里面也很简陋，进门是山西人坐守的柜台，后面是他的房间。柜台两边是男女通道的入口，各挂着厚重的棉帘，像厕所一样用墨汁歪斜地写着男和女，男左女右。

揭开棉帘进去——棉帘很沉，是一条黑暗狭窄的走廊。走廊这边是一个带有厕所和淋浴房的更衣室，另一头通向游泳池。更衣室装有暖气，温暖而潮湿，还有浓烈的企图被樟脑丸掩盖的厕所味，也是热腾腾地恶心人。

换上泳裤后，重新回到走廊。走廊里有点冷，漆黑一片。嗒啦嗒啦的，我只听得见自己拖鞋的声音。如果泳池里有人在游泳，会有肥大的水声传过来。然后再揭开一道棉帘，就来到了游泳馆最隐秘的地方。

游泳池很小，没有看台。池面上笼罩着一层稀薄的水蒸气。外面的光线通过两边高墙上的窗户斜斜地映到池面上。窗户窄小，又因为墙壁厚度的关系，采光非常有限。玻璃的不洁，让有限的光线变得浑浊不堪。有一小束光线特别地白亮，我知道肯定有一块玻璃被敲碎了。

阳光从白色的蒸汽中穿过，看得见悬浮着的无数细微的水珠。

这是一个充满水声的大房间。特别是霉变的屋顶，石灰层剥落得很厉害。屋顶上吸着无数的水珠，伺机而落。滴到池子里的声音，似有金属质感。

我一个人在跳台上默立了会儿，跳台只是紧贴池岸的向水面作三十度倾斜的水泥平板。水里有我孤独的影子，像一件倒挂的黑大衣。很奇怪，我好像在等待一声枪响。

水，看上去热气腾腾，其实并没有想象得热。我下水游了会儿，马上觉得有什么地方不对劲。水面上贴着一双眼睛，乌溜溜的眼睛。我猛地从水里冒出来，一个高大的人立在跟前。他就是我刚才见过的山西老板。他手里拿着一把斧头，乐呵呵地看我。

我说，你是不是担心我淹死啊？

哪里哪里，你游得蛮好。山西人说。

吓死我了，我说。你拿斧头做什么？

山西人说，我在干活啊，顺便来看看你泳得怎么样。

他肯定地说，你游得蛮好。

我说，要不，你也下来一块游会儿？

山西人说，我不游，我要游每天都好游。

他亮了亮手中的斧头说，我去劈点柴，还要好多活要干呢！

山西人拿着斧头出去了。他是从游泳池的另一个小门出去的。

门一开，阳光像舌头一样伸了进来。

那天，我游完出来，山西人给我递了支烟。我们聊了会儿天。他一边说烂烟烂烟，一边又说没办法，我就是喜欢抽山西烟，够味。我说挺好。

山西人姓李，叫李向阳。他跟我解释，其实这个名字跟电影一点都不搭界。他叫向阳，他弟弟叫向春。李向阳说，他父亲年轻的时候去过一趟南方，这是他平生唯独的一次外出。他在那里逗留了一天，饥肠辘辘的时候，在街边小店吃了一碗阳春面。后来，那碗阳春面变成了兄弟俩的名字。李向阳说他喜欢这个名字，叫起来响亮。确实如此。我在里面游泳，经常听得见有人在喊他的名字，李向阳！李向阳！

李向阳一家守着这个游泳馆已经有五六个年头了，虽然赚不到什么钱，但比起以前吃苦受累的日子清闲多了。他挺满足。他和老婆都在这里，孩子还在老家念书。

李向阳说，这里学费太贵，什么都死贵死贵的，吓死人了。

他弟弟也在这里打工，住在游泳馆对面的杂物间里。

李向春早出晚归，有时候没活干了，会在游泳馆里歇上几天。他是一个沉默寡言的人。有时候李向阳不在，我会觉得李向春和小米完全是两个陌路人。

小米是李向阳的老婆。

小米喜欢嗑瓜子。她把嗑瓜子当作一件极需耐心的工作来做。她嗑瓜子时，手指是杨丽萍舞蹈里的孔雀形态。她经常长时间地把手指放在嘴边，让人以为她陷入了沉思。

小米长着一对水泡眼，使她的这种沉思状更显专注。

我没有跟她说过话。也不知道是怎么回事，她从一开始就对我充满敌意。说敌意可能有点过分，反正就这么回事。我无非是通过体育局的关系，每个月少付了点钱而已。卡车司机在这里洗白澡,她倒是一点脾气也没有。一看见我就马上黑下脸来。不过,她的皮肤本来就不白。她看上去要比李向阳年轻十来岁,有一张令人寻味的脸。其实我第一次见到她的时候,除了觉得她身材不错,并没有觉得她是怎样地美不胜收——她在卡车司机当中有"黑牡丹"之誉。

那天下午,游泳馆里没有别人,小米一个人紧张兮兮地看着电视,她的内心完全被剧情攫住。因为电视机被悬挂在对角的墙顶上,须仰视才见,所以她的脸庞仿佛被什么牵引着。那一刻,我觉得她简直貌若天仙。我不知道如何称呼,经常是冲她点点头,然后从她身边的柜台上,随便取一把存衣物的格子门锁就进去了。如果她没注意,我的目光会从她的颈窝和乳沟之间走个来回。她的脖子很美,乳沟里尤其地黑,而且细腻。

李向阳一家人藉此在这个小城扎下根来。

说起来,李向阳有些担忧,因为一直在传言,新的体育中心一旦在新区建成,这个日见破败的体育场就要卖掉了,游泳馆也将随之推倒。

这个消息我也听说了,这里将变成一个有钱人出没的高档社区。

体育场的布局大致像一个"回"字，有时候我们说体育场，仅指中间的这一块场地。

实际上它是一个椭圆的形状。四周分布着一些老年门球之类的露天场地，勉强维护着一个体育场所的尊严。更多的地方已经租赁给花鸟、古玩市场。还有彩票、汽车、服装等大型活动轮番在这里上演。只有游泳馆这一块还是安静的。偶尔我从游泳馆出来，见几个少年在里面踢球，这已经是十分难得了。有一天已经很晚了，天色向黑，空旷的体育场里回荡着踢足球的声音，进去看看一个人也没有，仿佛是一个巨大的瘾境。

王小墨说起来还要玄乎，说体育场半夜里经常有人在跑步——实际上，不到七点半那里就关门了。不过王小墨说，但凡有女子光临他处，他都会出一个节目，就是两个人从铁门里爬进去，在空荡荡的跑道上一圈又一圈地散步。然后回到床上，做他们该做的事情。

游泳馆在体育场的最底处，外面是一条贯穿城市的河。河对岸是僻静的街区小道。游泳馆换水的时候，池水排到河里，整条河看起来都热气腾腾。

游泳馆旁边还有一块空地，经常会有一辆加长型的卡车停在这里。有时更多。卡车司机一下来就大声地招呼李向阳。他们一边在河边撒尿，一边跟他搭腔。有时会塞几包香烟给他。他们对着火，议论着有关行情。他们和李向阳建立起了很好的交情。他们聊着别处的见闻。老板娘饶有兴趣地听他们说。她不太说话。司机们对游泳没有兴趣，但只要他们高兴，可以在游泳馆冲个热水澡，一边冲澡一边还要议论，议论刚刚出去的那个人，屁股为啥这么白。

我比较清闲，这与我的职业有关。在办公室坐着坐着就跑到游泳馆来了。有时候是下午。夏天一过，游泳馆本来就门可罗雀，像我这样在上班时间跑出来游泳的不多。

就是有那么十来个，也都在各自习惯的时间里来去。

在那里，我偶尔能碰上这样几个人：一个是李向阳说的那个教练，一个是电台记者兼晚间节目主持人，一个是经常要值夜班的银行金库的保安，另外还有一个女人。我对她一无所知。

游泳者男人居多，我们在一块脱、穿衣服和淋浴，又在相邻的泳道里游泳，多少有些接触。在更衣室换衣服的时候，还会有一个简短的交流。

比如电台记者总是在感叹电台的经济效益不好，做不完的性病广告。守金库的保安老在跟我说，哪里又出了银行抢劫案。那个教练，一直在怀念他的短暂的运动生涯。

唯独那个女的,她自然在女性通道进出,游泳馆里蒸汽缭绕,我又是个近视眼,而且她还一直戴泳帽泳镜。如果不是特意去靠近,根本看不清楚她的面目。

不过,从她高挑的身材上看,我一直觉得她有点像一个人。

经常是这样,我去的时候,别人已经游得差不多了。或者先是我一个人游着,游到后来,听到旁边有扑刺扑刺的划水声,估计是有人进来游泳了。但是在没有看到这个人之前,我无法放下内心的恐惧。我知道这有点可笑。

我游的是蛙泳,在我拱出水面的瞬间,我会迅速地巡视一下池面。这个动作使我的身体出现倾斜。泳池里似乎没有别人,但这个声音还在,扑刺,扑刺,细碎的波浪从那边排涌过来。这让我生疑。过了会儿,这个人从隔壁的一个泳道冒出来,跟你搭腔说,今天水有点凉。然后我说,有点儿。两个人随便说了点什么,再次投入水中。他是什么时候离开的,我也不知道。

我遇到那个女人的时候并不多,她只管埋头游泳,从无言语。她戴着泳镜,也看不清她的容貌。我只记得她的坚挺的小鼻梁和颀长的身材。

她的背影像一条鱼那样光滑，在门帘背后一闪就消失了。

我像一条孤独的鱼，每天都在那个破落的游泳馆里游来游去，有时会莫名地生出一点恐惧来。这种恐惧感其实从第一天开始就有了。

游泳馆年久失修，碰到阴雨天，里面昏暗得像一个墓穴。从墙壁上深浅不一的水泥痕迹上看，它的格局曾经被多次改动，有一道门被明显堵死了，长方形的黑水泥是多么地醒目。虽然我知道，这只是一道被堵死的门，外面就是停着卡车的那片空地。但是没有办法，我这个弱视者（更由于在水里的缘故），总是把它看成一个无限延伸的神秘空间。它旁边还有一枚钉子，经常有一件雨衣挂在那里，它的高度正好让你联想到什么。等我游到那头的时候，我会盯着那个雨衣看个清楚。然后又会突然掉头去看一下。似乎它会在我不注意的时候起什么变化。有时候我自己都会笑出声来，笑声在稀薄的水蒸气里模糊地放大。

在男女入口之间的那堵墙上，有一条医院门诊部常见的那种木条长椅，椅子永远是湿漉漉的，没有人会衣冠楚楚地坐在上面。除非是鬼魂。我从来就不是一个彻底的唯物主义者。一般是游泳的人游乏了,坐那里抽会儿烟。我对那张椅子非常敏感,明明椅子上空空如也,一眨眼工夫,上面坐了一个人。因为没穿衣服,光溜溜的看起来像一个塑料假人。

有一次我看见李向春坐在那里,这比较意外。他没有脱衣服,虽然称不上衣冠楚楚,但看上去绝对像一个等待火车的人。我估计他不会游泳,他在看什么呢。他这样默默地坐了会儿,走了。我猜想他的屁股肯定是湿透了,那一定不太好受。

我说过我比较清闲,这与我的职业有关。不过,我选择人少的时候来,还是另有原因。我的蹩脚的泳技和多有赘肉的身体,实在有碍观瞻。不像电台晚间节目主持人那样,对自己的身体那么有优越感。这个游泳馆虽然破败有加,我还是很喜欢一个人待在这里。

遗憾的是,有一个人经常要来打扰我。他就是李向阳跟我提到过的那个教练。

我在那里游,按他的职业目光,实在是看不下去,觉得有必要纠正我一下。他站在隔壁的一条泳道,看着我游来游去。在我经过他的身边的时候,他会突然蹲下身子,从水中观察我的动作。这令我不快。我对自己的动作并不介意。我说过我喜欢自己慢慢琢磨。他没有必要这样。我对他没有好感。

但是有一天,鬼使神差,他终于说服了我。让我把上半身趴在岸沿上,把两条腿交给他。他捏着我的两条腿,示范着蛙泳的正规动作。不过我的感觉很糟,我不好发火。我总觉得他有攻击我的嫌疑。他是一个称职的教练,他一遍又一遍地跟我说动作要领。他不是一个善于察言观色的人。不过,他跟那个经常来游泳的女人倒是有点熟。两个人在一起切磋技艺,会有比较大的浪花。有一天,她扬手给了他一个耳光。

前面我说过,我游的是蛙泳,波浪形向前挺进。这个世界对我来说,只是一格一格的画面。它们不是连贯的。比如有一个人从小门进来,等我再次把头拱出水面,这个人已经在另外一个角落了。也就是说,在我的视觉效果里,他像一个平缓移动的物体,中间没有过渡,像蹩脚的卡通片,更像一些先锋电影里的经典镜头。这个人经常是李向阳。只有他在操心这个游泳馆。他拿着一把斧头,有时候是一截软水管,从泳池里进出。顺便会停下来,立在岸上看你游泳。当然我并不总是在游泳,游完几个回合,我会在水里变点花样让自己开心。我俯卧在水面上,头浸在水里憋气,练肺活量。在李向阳看来,情形就有些惊险,谁知道他就不是一具浮尸呢。

他死死地盯住我，我猜想他的小腿一定哆嗦得不行，既想跑出去叫人，又想再观察一会儿（我为何有这样的印象呢）。那天他看着看着，突然扔掉斧头，向门口跑去。他刚跑到门口，让我的笑声给停住了。我的笑声把这场危险化为乌有。李向阳回头看我，虽然他的表情还有些严峻，但已经喜出望外。兄弟，咱们不玩这个行不？

因为王小墨的关系，李向阳一度以为我也是体育局的人。他向我打听新的体育中心的建设进展情况。我不能告诉他什么。我夸他的山西烟好，够味，这令他高兴。我不知道，他是如何将游泳馆的承包权拿到手的。他没有说。他只担心游泳馆消失后的将来。

那天，我突然问李向阳，你会不会游泳啊。李向阳的脸色很难看，仿佛受到了袭击。他向我描绘起他家乡的美景，他的家乡到处都是河流，他怎么可能不会游泳呢。

李向阳说，我要游的话每天都可以游。任何时候都可以。

我说是的，你是游泳馆的老板。

李向阳堆起满脸的肉，网缝里全是实实在在的笑。游泳馆老板这个身份让他满足。

李向阳说，你会蝶泳吗？把胳膊抡起来的那种。

我说不会，你知道我不会。

李向阳说，你如果要游蝶泳的话，可以跟他学几招。

——他又提到了那个教练。我知道李向阳和他的关系不错。

李向阳没事喜欢喝点酒，小桌子摆在河边，一个人闲哉悠哉。教练有时就坐下来喝几口，剥几粒花生。有关新的体育中心的情况，李向阳都是从他那里得到的。但他装作什么都不知道，反反复复地来向我打听。然后又马上说出他自己想要的那个答案，并且向我暗示他有更多的渠道知道这些。他说，主要是资金问题。我觉得好笑。

我一边跟他聊天，一边观察他老婆小米。

小米的水泡眼让我联想到昆虫，这让她有点显老，并且有点苦相。但她的容貌却因此凸显出一种灵性，说敏感或者神经质可能更准确一些。当然这仅仅是相貌的关系。

不过她的性格好像有点儿怪。

那天李向阳和教练聊得好好的，小米突然怪叫了一声，说甚么！

李向阳看看她，说甚么？说甚么还不是说？

于是，教练就站起来走了，临走他还从盘子上拿了几颗花生。

河面上驶来一个清理垃圾的小船。李向阳顺手将一只空啤酒瓶扔到船上。船上的小老头每天都有新闻。他说，城南有一个女人想不开，直接从自家的阳台跳到了河里。

我以为我在那里游泳，自然会和王小墨走得更近一些，事实却不是这样。

体育场有几个出口，不过，我倒是经常在附近的花鸟、古玩市场跟他碰面。我没事喜欢从那里绕过去，顺便看看花鸟和古玩。有一只黑八哥会冷不丁地冲我说一声你好。它有点绕嘴，和我一样地口齿不清。有时我就在那里停住了。

我买过两盆花和两只鸟。花和鸟先后死去，让我一度怀疑家里的风水。我对古玩都没有经验。觉得他们手里的货与他们装出来的紧张神色同样地不可靠。

那天，一个在游泳馆冲澡的陌生人突然贴近我的耳朵，他说他手里有国家二级保护文物鸟类化石。如果你现在要的话，可以便宜点。我伸给他一只手掌，他摇了摇头。我觉得有趣，我根本不知道他否定的这个价位是多少。

他们在这里洗澡——仅仅是洗澡，这让我们对李老板有想法。他不能光顾着挣钱。卡车司机在这里洗澡，我们并没有提出异议，以为仅此几人。后来发现事情不是这样。李向阳似乎有意在拓展他的业务。游泳馆正在逐渐沦为大众澡堂，甚至于公共厕所。

这是游泳爱好者所不愿意看到的。

不过，那天我倒是跟王小墨说起过，你怎么不去游泳馆洗澡？这么近。他说他从来没有想过去游泳馆洗澡。是呀，谁会想到去游泳馆洗澡呢？

这些把游泳馆当作澡堂的人，如厕时总想不起来冲水。淋浴的时候，你会留意到对方身上一小股特别的泉涌。

那天，电台记者跟一个花店老板吵了起来。

花店老板说，看什么看，你自己没有啊？

但是他的话只说了半截，因为他正好在节骨眼上——他拉完尿，浑身猛抖了一下。我俩都忍不住笑了起来。电台记者说，傻逼！

这个花店老板听不懂，懵懂地死盯着他的嘴巴。穿好衣服后，电台记者先我出来，他居然跟李向阳争执了起来。他要李向阳回答这样一个问题：这里是游泳馆还是澡堂？

我见李向阳打着不知所云的手势，嘴巴温柔无力地翻动着。他一边诉说自己的难处，一边拨香烟给他。李向阳的迫切程度，好像要把香烟直接插到电台记者的嘴巴里去。

电台记者摆手把它打掉了。本来并无恶意,形势却一下子严峻起来。李向阳俯身去捡香烟,他把香烟夹在自己耳朵上(就当是别人敬了他一支)。但是他已经不能开口说话了,脸上的肉在一个劲地颤抖。出面的是他的老婆。我又一次听到小米像猫一样的尖叫。一个绰号叫和尚的卡车司机插手此事。他本来靠在墙边,翻自己手机里的短信。她的一声猫叫刺激了他。他冲上去给了电台记者一个拳头。

不过他打了一拳头,又吃惊地看着人家,看着那个人嘴边的血慢慢地流出来。

好像是这件事发生后的第二天,我在体育场门口碰到李向阳。天气转凉,他穿了一件不太合身的外套。因为胖,他走路的样子有点怪,身体向前冲,不断地要跨前一步,才不至于失衡。他从我身边过去,我们互相回了一下头。

他停下来,记得要跟我说什么,又扭头走掉了。

上午九点钟,是游泳馆一天中最安静的时候。

李向春正在琢磨如何做一把小凳子。他不时地朝柜台那边瞟上一眼。

那个绰号叫和尚的卡车司机,像虾干一样趴在柜台上。他身材高瘦,有一副讨好人的脸。不过,与他身份不符的是,他戴了一副眼镜。这使他在这些司机当中别具一格。他还有两个酒窝。别人说黄段子,享受的总是他,在一边甜蜜地偷笑。

和尚告诉小米说,这一趟要去武汉。

小米说,那里好玩吗?

和尚就笑了起来。他说,上趟去武汉的时候还是夏天,那里热得要死,简直不是人待的地方,满大街都是纳凉的男人女人,躺在那里跟死猪一样!

和尚为自己即将开展的叙述笑个不停。

小米斜了他一眼,扑哧笑出声来。

和尚突然有点害羞。他说,你不知道,那些纳凉的女人把自己剥得精光,恨不得把裤衩也剥下来。越是肥胖的女人,她们穿的裤衩越是松松垮垮——你都能看见她们的裤裆里的肉。

和尚说到这里把舌头也吐了出来。

小米一边笑,一边又在克制自己,这使她的表情十分为难。

她把手心里的瓜子壳一把摔向和尚,笑你娘的头!

这时,在一边干活的李向春放下斧头想了会儿。

他奇怪地看着和尚,又慢慢把心思放在他的凳子上。

当时,我正在给自行车打气。和尚见我费力,要来帮忙。我说不用，差不多了。

他冲我笑笑，你自行车还是日本货呢。

我没有回答，揭开帘子进了更衣室。所以他又对自己下了一个结论，日本自行车都是走私的。我觉得好笑。这几天游泳馆供暖明显不足，更衣室里冷飕飕的。我一边换泳裤，一边听老板娘在说，他不会有什么事吧？

和尚说，有个屁事！

过了会儿，老板娘说，听说那个人是个记者。

和尚说，记者个屁！

透过门帘缝儿，我看到和尚的脚板有节奏地叩击着地面。

像往常一样，这个时段只有我一个在游泳。泳池里的水也太冷了。冷水特别刺激皮肤。不过水太热的话，感觉也不是太好，你会觉得自己是在洗澡。

游泳馆一如既往，电台记者也没有再出现。

有时候乘坐出租车，听到电台里相似的男声，不知道是不是他。李向阳因此失去了一个顾客。他倒是经常怀着复杂的心情提到他。那天小米不在，柜台那边的电视机开着。他一边喝酒，一边瞄两眼电视新闻里的国际时事。

以前我是一个木匠，李向阳说。

这你不知道了吧。她老爹喜欢我这个木匠呢。他觉得电工危险,总有一天要被电死,还是做木匠的顺当。嘿嘿。我想好了,如果哪一天游泳馆开不下去了,我还可以去做我的木匠。老天饿不死我,你说是吧?李向阳提高声调说,怎么说我还是一个木匠,你说是不是?天底下哪有饿死木匠的道理?去年我弟弟回了一趟家,我让他把我以前操过的木匠活计都带来了,唉,都生了老锈啦。

他正说着,小米回来了。你还喝酒呢,你都喝一下午了!小米本来已经走开了,又折过头来发狠道,喝死你呀!李向阳暗中冲我丢了一个眼色。他总是这样,涉及他的老婆时总是神情机密。此时阳光正好,在地上形成一个狭长的光带,它越过李向阳的小饭桌,一直延伸到柜台那里。这时,电视里正在预报国内各大城市的气象,李向阳看着无聊,要他老婆换台。小米不动。李向阳扔了一粒小石过去。小米说,做甚?换台!小米说,换什么换,我正看着呢。李向阳不明白她在看什么,城市气象有什么好看的?他嘴里咕哝着,手里又剥开了一粒花生,里面是黑心的,随手扔进了河里。妈了个巴子!

有一天我好生奇怪。游泳馆空落落的,斧头躺在地上,旁边是一堆木柴。柜台里面还是满地的瓜子，电视机也开着。我正纳闷，李向阳的弟弟突然从杂物间里冒出来，把我吓了一跳。我说老板呢。他没有理我。他永远敞胸露怀地穿着一件软不拉叽的西装上衣，表情木然而警觉的样子。过了会儿，我在更衣室脱衣服，李向春进来看了看，他又出去了，我看他在走廊里停了会儿，然后掉头朝里面的游泳池走去。

我又看到了那个常来游泳的女人，美人鱼般在水底下滑来滑去。我入水的时候，看到她忽然灵巧地翻过身来，两臂交替着拍击水面，手臂优雅地抬起来，在空中画过一道弧线，沉寂水中。她无声地滑到对岸。她游到头后的转身动作非常轻快。水花动处，已经不见她的身影。李向春在池边走来走去。然后他决定坐在那张湿漉漉的长椅上。他把斧头放在自己的膝盖上。她游完了一个回合，顾影自怜地靠着池壁。虽然她戴着泳镜，但我还是感觉得到，她的目光长久地停留在她的指尖上，然后顺着胳膊，把目光收回到胸前。她这样旁若无人地凝视着自己，好像游泳馆只有她一个人。我和她各自站在泳池的两头，有点隔岸相望的样子。斜插过来的光柱里有水蒸气在冉冉升腾。那一刻非常宁静。她突然说，你为什么不游？她应该是在跟我说话，但也未必。我自言自语地道，今天的水有点儿冷。她没有理会，试着在水中漫步。我也经常这样，从泳池的这头走到那头。因为她戴着泳镜，看起来像一个盲人，摸索着前行。后来她改变了想法，突然像芭蕾舞里面的红色娘子军那样向前飞跃了一下，她因此在水里跌了一跤，池底是有点滑的。她从水面上消失了。过了会儿，我看到她的脚尖，慢慢地从水中翘起来，一个漂亮的舞蹈动作。但她又突然放弃了，站起来捧着水洒了自己一脸。她偷偷发笑，为刚才的这些。她独自站在水中，脑袋有点偏，仿佛在想什么新招。无数通过水面折射的一个个模糊的光斑在她身上颤动，有一缕阳光正好如舞台灯光一般，照射在她的颀长的脖子上，下巴处的一块阴影让她更加地楚楚动人。她又游回去了。水确实有点冷，但时间一长，会慢慢感觉到里面的温暖。二十五米长的短距泳道，我每天要游十个回合。游到一半的时候，我看到一个模糊的背影上了岸，消失在门帘的背后。

等我出来的时候，李向春正在劈柴，李向阳站在柜台边，悠闲地挖着自己的耳朵，而小米照例在一边看电视——好像从一开始就是这样的。李老板跟我打招呼，游好了？游好了。我说水有点冷，不过多游几遍就好了。李向阳点点头，他说是这样的。

那天，我在街上碰到一个男的，见到我先自说自话地乐呵起来,两臂做了一个小范围的划水动作。你还在游泳吧?我迟疑地点了点头。我想不起来他是谁。第二天下午我去游泳,人特别地多,而且都是一些军人。他们已经游得差不多了,聚在更衣室里大声说话。我在外面跟李向阳聊了会儿天。李向阳拨烟给我,他说你抽抽,武汉的黄金龙。当我掏出打火机点烟的时候,另一张面孔也被同时照亮。我猝然想起,那个人是谁了。

他们从武汉回来了,李向阳说。不过马上就要到更远的地方去。我对此没有兴趣。我问李向阳,里边都是谁啊?他说海军基地过来的,好几个都是我的老乡。说到老乡,他的口气不由得豪迈几许。他说海军游泳池要维修几天,他们这就过来了。我说看不出呀,你李向阳还有部队方面的关系。李向阳的嘴巴里像是含了一块糖。真不瞒你说,海军那边一直叫我过去呢。海军游泳池也需要人手。他做了一个拇指向后的手势。海军俱乐部的秦处长跟我关系特铁。我说是么,那你干吗不过去?海军那边的条件比这里好多了。李向阳看看别处,他突然有些为难,我和体育局不是有合同么,合同都订死啦。我笑了笑,又要了他一根武汉烟。他的烟也分得差不多了。人家不抽,他还亲自把烟搁在人家的耳朵上。李向阳叫住一个水兵,秦处长呢?那个水兵说,他早就走掉了。我看李向阳的脸上有些挂不住,他东张西望地到更衣室去看了一下。他回来跟我说,武汉烟还是不错吧?

好像是当天晚上的事情。我下班经过体育场,在那里碰上了王小墨。他在小摊上买熟食,叫我一块吃算了。我说好啊。在他的小房间里喝酒,感觉很惬意的。我们吃了鹅头鹅翅膀,还把水产公司的某女孩送给他的一大包烤鱿鱼丝吃了个精光。他一直在谈论那个女孩子。前不久的晚上,她坐在我坐的这把椅子上。王小墨提出来去散会儿步。女孩表示赞同。但是当王小墨一个麻利动作越过体育场铁门的时候,她好像突然生气了。她对王小墨说,我要回家了。王小墨只好再爬出来。他不明白发生了什么。反正那个女孩就这样甩手走掉了,并且再也没有在他的房间里出现过。可能她觉得王小墨是一个粗鲁的人,谁知道呢。王小墨事后回忆,他爬出来的时候,他羊毛衫的线头不巧让铁丝给勾上了,他只好像猴子似的蹲在上面,这让他觉得不够体面。王小墨说,他从来没有遇到过这种怪脾气的女孩。不过,她长得挺漂亮,有点儿可惜。这么说着,他有点儿不对劲了,咕噜咕噜,朝自己的喉咙里又灌了小半瓶啤酒。后来,我们趁着月色,绕着体育场走了一圈。绕到一个地方,王小墨说,我们爬进去怎么样。我说两个大男人有意思吗?王小墨笑道,没意思。我们又回到他的房间,顺便又在外面买了一瓶红星二锅头。正喝到劲上,听到一阵窸窸窣窣的声音。王小墨去看桌子底下有没有蟑螂。蟑螂会飞你知道吗?我说蟑螂是会飞的。他说真的啊,我不知道。过了会儿,王小墨的食指突然指向了房顶——房顶上有人!他歪着脑袋侧耳听着,把我的神经也绷得死紧。王小墨听了会儿,表情松弛了下来。他灌了一口酒说,管他呢。他这样一说,我一直欠着的屁股也落了下来。王小墨说喝酒喝酒。我说好。两个啤酒瓶咣当撞了一下。但是这个酒好像真是没办法喝了,我们面面相觑,又一致地去看房顶。房顶隐约传来像猫一样的哭声。王小墨坐不住了,他给我一个眼色,我尾随出来。到了王小墨经常爬的铁门那里,他让我先上去,他在下面推我的屁股。你他妈的屁股好大呀。我让他小声点。结果我这边的响动还要大。虽然紧抓着两根标枪似的铁栅,身体在上面乱晃,把铁门晃得咣当作响。王小墨压低了声说,轻点呀你!这时,我看见右边那个方向,突然站起来一团的影子,整个观众席呈扇面展开,影子在最上面的一格台阶上,迅速地向前移动。这团影子渐渐地一分两半,两个人影被月光拉得细长，在台阶上一格一格地弯曲下来。

那天晚上，我和王小墨一直坐在体育场观众席的台阶上聊天。屁股底下就是他的房间。他还在说水产公司的那个女孩。这个女孩让他无法释怀。月色特别地好，那边有个楼，正好产生一个三角形的建筑投影，看起来形式感特强的那种。王小墨对我的话题没有兴趣。我问他几点了。他说十二点。我没有想到这么晚。我们都有点醉意，王小墨说他的后脑勺有点儿抽。我们打算回去。我们下来沿着跑道走回去。这时，前面有胶鞋交替着摩擦砂砾跑道的声音，由远而近。有个人向我们跑来。经过我们身边的时候，他稍稍加快了脚步。我不敢相信，我看到了一张熟悉的脸。他跑得很快，他的粗鲁的肉身在月色中沉浮着远去。他没有理会我们。我跟王小墨说，这个人好像是李向阳的弟弟。他嘿嘿地笑。你不知道，他每天深更半夜在这里跑步，跑完了，他再回去睡觉，天天如此。王小墨说，我如果是他，也会深更半夜地起来跑步，会的。不跑步干什么呢？夜长梦又多，还是起来跑步的好。人一跑起来就单纯了，没有其他乱七八糟的想法。我笑了笑。李向春一圈下来了。他跑步的姿势不太正规，这一点跟他哥哥有点像，身体莫名其妙地向前冲，有点儿翘趣。所以他总是在纠正自己的步伐。王小墨说,他一开始并不知道是谁,他跟李向春并不熟悉,也不是能经常看到他。但是有一次他和女朋友站在跑道中央,李向春却没有让开,他跑着跑着就停在他们面前了。王小墨觉得奇怪,为什么非得我让啊。那天,两个人在黑暗中对峙着,王小墨觉得他再不让开,李向春的拳头就要过来了。王小墨说,他与女孩子在行苟且之事的时候,一想到有个同样的男人在场子里孤独地跑步,就会油然升起一种强烈的幸福感。

有朋友新买了房子,开始装修,让我去看一下。我在他家碰上了前来敲墙的小工,他就是李向春。这是我第一次在游泳馆以外的地方碰到他。他神情怪异,仿佛与我共守着一个秘密。说实话,我觉得我朋友根本没有必要敲掉这堵墙。为什么要敲掉呢?但是这样说的话,李向春就失去了一个上午的赚钱机会。当然这个不是我考虑的范畴,但是不由得我这样想。我甚至有点担心,如果我提出不敲墙,他手里的大锤就会反过来敲碎我的脑袋。我那个朋友既然想敲掉墙壁,那就敲吧。一堵墙壁的敲与不敲,中间并没有真理与谬误的区别。那天我离开那里时,李向春已经在挥动他的大锤了,房间里一片狼藉,整幢大楼都在颤抖。我看到李向春臂膀上的肌肉滑动着,就像有一只小老鼠在他的体内乱窜。

我没有想到,几天后的一个上午,李向春差点敲碎了他哥哥李向阳的脑袋。不过他手中的武器由锤子变成了那把我熟悉的斧头。他正在劈柴,他劈不下去了,有个问题阻碍了他。李向阳正在杂物间里找什么东西。李向春拿着斧头进去。兄弟俩在杂物间里说着什么。这样的情景并不多见。李向春在这个游泳馆更像一个局外人,或者只是暂居在那里的一个外来客。两个人的声音压得很低。但是叙说的实际内容又让李向春的情绪过激。我听不清楚李向春在说什么,但是他的愤怒是多么地真实。他显然在为什么事警告他的哥哥。李向阳根本不相信他弟弟的胡说八道——虽然他的脸色已经变得跟猪肝一样。李向春还在喋喋不休地说,他企图让李向阳接受这个事实。李向阳扬手给了他一个巴掌。这个巴掌有点分量,咚的一声,李向春的头撞到了墙上。李向阳打完这个巴掌就不管了,气冲冲地从杂物间里走出来。他弟弟也拿着斧头出来了,他冲李向阳的背影喊,你信不信?终有一天我会把她砍死!李向阳突然像被枪击了一般,钉在那里了。他缓缓地转过身来,你说什么?请你再说一遍!李向春哆嗦着,呆滞地看着他哥哥。李向阳大吼一声,斧头给我放下！李向春还挺在那里，身体微微地摇晃，只听哐啷一声，斧头从李向春的手中滑落。

我一直像窥视者似的站在那里，其实是想告诉李向阳，本月的费用到昨天已经完了，按说我得重新付费。但是他没有给我说话的机会。不过国庆节休息七天，我可一天也没有来过。这样一想心里便释然。我刚踏进更衣室，就听见一样东西碎裂的声音。我听到李向阳说，你给我滚出去！你在老家好好待着，干吗跑出来？你以为外面是天堂啊。你不说话没人当你哑巴。你给我闭嘴，你吼什么，你让全世界人都知道是不是？你喊啊！我听到李向春像一头困兽一样发出沉重的低鸣，像天雷一般在他的喉咙里沉闷地滚动。说实话，我一点儿也不知道他们在吵什么。生活里总是有太多的无奈，谁都一样。我在跳台上站了会儿，就像往常那样，纵身跳入水中。我每次都想跳得好一点。但每回都像一次意外的落水。不知道为什么，游泳池里原来的一红一蓝的泳道线临时撤掉了。不过这也是常有的事。每过一段时间，游泳馆就要进行维修。游泳池里只有我一个人，没有了泳道的约束，我游得更加适意，外面两兄弟吵架的声音越来越凶。但是他们的声音，我在水里听起来非常地模糊。

那天弟兄俩又吵了起来。我在游泳。李向阳进来，他的情绪看起来很糟糕，脸色难看得要死。他在池边走来走去，忘了自己要做什么。他问我，水还好吧？说这话的时候，我明显能感觉到，他在努力镇定自己。我说有点冷，前段时间还过得去，这几天特别地冷。李向阳说，散热管子坏了。他指的是插到水池里来的散热管子。散热管子安在泳池的四个角落，包裹着厚厚的布。我站在池边，一不小心就要烫着。提到散热管子，他想起来自己要干什么了。他又出去拿了扳头，顺便把衣服也脱了个精光。这是我第一次看到他下水。因为这是少体校训练用的游泳馆，水深只有一米五，按他的身高，完全可以跳下来。水可能只到他的胸部。但是他没有。他小心翼翼地抓着池边的小铁梯爬下来。他的庞大的身子佝偻在那里显得格外地可笑。他爬下来，一手扶着池边，另一只手像水禽受伤的翅膀那样无力地贴在水面上，慢慢地踱到那个角落里去。我说需要帮忙吗？李向阳说不用。他的声音很轻，好像不是对我的回答，而是在极力安慰自己。我游到他的身边，他突然很害怕地侧过身来，好像我要在背后袭击他似的。你怎么了？没什么。他的心情还是无法调节过来，脸一直耷拉着，乌云密布。他发狠地说道，那个疯子！我说，该给你弟弟找个对象啦。

游泳池　　　　　　　　　　　　　　　　097

李向阳没有吭声，垂头丧气地立在水中，把缠在暖气管上的布一层层解下来，然后他的扳头在上面敲敲打打。他可能还需要什么工具，往走廊口张望了一下，又埋头干活了。他好像要把管子上的一个螺帽搞下来，手臂一直在做旋转动作。我本来还想跟他说交费的事，话到嘴边又咽了回去。

我一边游泳，耳畔一直响着叮叮当当的声音。中途李向阳上岸过一回，拿了一把更大的扳头过来。后来我听到一声巨大的水响，我没有在意，以为又有游泳的人跳进水来。我游了会儿，觉得有些不对，叮叮当当的敲击声好像停止了。我猛然站起来，李向阳已经不见了。他刚才站的那个地方，有一个庞然大物在水里挣扎，弄出很大的水花。我大喊着扑过去，李向阳的双手在水里无力地扑腾着，他似乎想抓住什么，什么也没有，只有水，水让他无从把握。光滑的铺着白瓷砖的池底让他一次次努力扑空。他大张着嘴巴，惊恐地在水里睁大着眼睛。水泡，水泡开始一个接着一个从他的嘴里吐出来。我托住了他的脑袋，我想扶他起来，他实在太胖太沉了。而且他的手还要反过来抓我的胳膊，掐得我生生地疼。我一边大喊救人，外边没有人响应。一个人也没有。我没有办法，那一刻我也恐惧万分。好在这个时候，他胡乱挥动的手抓到了铁梯，他自己慢慢地借力从水里站起来。他站那儿不动，也没有把呛进去的水吐出来。我说你没事吧？他摇摆了一下脑袋。我不知道如何安慰他。就这样僵持了有几分钟，李向阳突然捂着脸号啕大哭起来，李向阳的哭声是如此地空洞而沉闷，夹杂着阵阵抽噎和涕泣，在游泳池里回荡。

那天的事令我印象深刻。李向阳要我应允下来，别把这件事说出去。我不喜欢在别人面前承诺什么，我只是一个局外人，跟我没有关系。后来，我们裸着身子在那把湿漉漉的条椅上坐了会儿，我摸了摸他的圆滚滚的肚皮，他看看我，我似乎取得了他的信任。我们抽了一根烟。李向阳没有吭声，他的气息很重，像是一个睡眠中的人。我忽然想起来，我问他，你老婆会游泳吗？李向阳点了点头。这些活儿平常都是小米在干，他说。

其实这个时候，我的脑子里出现的是经常来游泳的那个女的。她和小米在我的潜意识里，经常是重叠在一起的。我无法确认。每当我觉得自己快要揭开谜底的时候，小米每回都好好坐在外面——即使她不在，也未必能说明问题。从小米身上，我丝毫看不出她有入水过的痕迹。当然，这跟我也没有关系。后来的一段时间，我再没有看到过那个女的。

但我并没有因此注意到李向阳的生活里发生了什么，只是觉得游泳馆近来有一种诡谲的沉静。

体育场周围的花鸟市场和古玩市场，其实是连在一起的。那个倒卖古玩的人，碰到经常要跟我打招呼。他的鸟类化石也一直没有卖出去。如果我要的话，肯定还有机会。这是他的原话。他说他可以便宜一点。我每天游泳的过程，也就是他的鸟类化石一天天跌价的过程。这比较有意思。我没事喜欢跟他攀谈，随手翻一翻他的陈谷烂麻。那天下午，我和王小墨闲来没事，跟着一块去了他租的汽车站附近的小间。他给我们看了那块石头，上面有清晰的鸟类飞翔的姿态，确实引人手痒。但是他拿出来这块石头，紧接着又捧出来一大堆石头，这一大堆石头把我们逗乐了。我们准备告辞。王小墨还赖在那里不肯走，他偷偷把一块石头塞进了自己的口袋。这时，我看到对面的汽车站，有一辆长途客车正在卸客，驾驶员准备关门的时候，发现他的车厢里还坐着一个女的。她形容憔悴，头发和穿着都有点乱。她表情木然地坐在那里，在驾驶员的催促下才缓缓地站起来，仿佛这里并不是她的目的地。当她拿着旅行包走出车厢时，我看到了一张熟悉的面孔，她就是小米。

王小墨后来把这块"鸟类化石"送给了我。它一直在我的书房里搁着,让我经常想起在游泳馆的那段日子。其中,我跟王小墨提起一个有关游泳救生员的问题。他说上边有规定,凡游泳池必须配备一名以上的救生员,李向阳报上来的好像是他自己的名字。他也记不清了,反正都是这样的。为什么不是他的老婆呢?我说。王小墨说,救生员都是男的吧。他觉得我有些诡谲,这跟你有什么关系吗?我告诉他,英国有一个女救生员叫艾琳·琼斯,被英国皇家全国救生艇协会授予"勇敢勋章"。不过这跟我也没有关系,我笑着说。

二〇〇五年二月世界湿地日,也正好是我游泳的终结日。那天体育场很热闹。大街上冒出来许多人,源源不断。服装展销会的会场已经布置好了。李向阳还在那里帮了忙。他拿着一把斧头,很能派上用场。小米还提早试穿了几件衣服。其实都是一些库存货。女人们一边嫌弃衣服的陈旧款式,一边又喜气洋洋。我在更衣室里,听到小米在外面议论那些衣服,她自言自语地带着点儿怨怼的语气。她认为没有几件衣服,她会瞧得上眼。不过她又马上怀念起其中的一件短大衣。一切都让这种春节临近的气氛所掩盖了。当小米在服装展销会挑挑拣拣,寻找那件记忆中的短大衣的时候,我像往常那样,结束了这天的游泳，正在更衣室里穿衣服。李向阳进来看了看，问我游泳池里还有没有人。我说没有。他这就出去了，在通往游泳池的走廊里传来他拖沓的步伐，他好像咕哝了一句什么，我没有听清。我从游泳馆出来的时候，还碰上了小米。她怀抱一件麻色的短大衣，目不旁顾地向这边走来。

　　李向阳的死，是王小墨在电话里告诉我的。没有人目睹他的死亡，就在我转身离开游泳馆的时候，悲剧已悄然发生。一个更接近真实的推测是，李向阳想把一个孩子遗忘在那里的游泳圈够上来，结果不幸落入水中，就像有人在背后推了他一把。在小米事后的回忆里，我可能就像一个逃离现场的嫌疑犯。那天，我和王小墨偷偷去了医院太平间，太平间在医院大楼的地下室，如地狱一般，老旧的电梯下得极为缓慢，还有望不到尽头的走廊。我突然悲从中来，靠着走廊的墙壁掩面而泣。

　　安息中的李向阳在一块白布的覆盖下，面色红润，好像对什么都很满意的样子。我们向他深深地鞠了一躬。我想起来，我还欠李向阳十多天的游泳的钱呢。我让王小墨代交给小米。我觉得自己再也无法去面对一双昆虫一般的目光。自此，我再也没有去过那个游泳馆，时间一晃，半年多过去了。有一天，我经过游泳馆河对岸的那条小路，看到小米从游泳馆出来，到杂物间拿了什么东西。她好像看到了我。我赶紧离开了那里。后来的一个晚上，王小墨给我带来了坏消息，他说游泳馆拆掉了。我说拆掉了？他说是的。那天他在现场，一帮拿着锤子的男人爬上了游泳馆的屋顶，到处都是尖。

王小墨说，屋顶被揭掉后，那群干活的男人都傻掉了，他们看到一个女人在水池里跳舞。她不是在游泳，她在跳舞。

喜罐

弟弟来电话的时候,我正在从上海回来的路上。

母亲患病多年,平常在家也没什么,倒是医生跟我们说起来,她的心脏烂如棉絮,随时都有挂掉的可能。也确实有这么几次,眼看着就要不行了,但总能挺过来。所以,当弟弟在电话里向我描述母亲急送医院的情况,我一边还在闲看车窗外经过的一列动车,看起来像是与之并行,其实它很快就消失了,露出一大片原野,和间杂其中的上世纪建筑趣味的民宅。

赶到医院的时候,弟弟说的那个床位是空着的,几个护士正在那儿换床单。我发现母亲的保温杯滚落在地上,觉得有点不对——刚才我仅仅以为是换了一个床位。弟弟又来电话,说他在医院门口等我。

在我下楼的时候,从我所在的楼梯窗台看下去,呈扇面展开的医院门口尽收眼底。弟弟一个人站在墙角,盯着他以为我可能出现的三个路口来回巡视。

母亲终于没有挺过来。她每次回过神来,都要吃上一桶沪产小包装的日清方便面,来犒劳自己,又似乎在嘲笑我们之前的空担心一场。现在,她安静地躺在我们的面前,再也不能抖她的机灵了。弟弟看到我,平静了许多。弟弟说,你们都不在。这句话他重复了三次。弟弟给父亲打电话的时候,父亲还在几十里以外的乡村小河边钓鱼。我们在等待父亲的到来,他老不来,我开始在医院附近游荡,先去买了一包烟,然后又和弟弟吃了一碗海鲜面。弟弟一边吃面,一边眼泪哗地就下来了。等我们再回去时,父亲已经在那里了。他带着河草和鱼腥的气息,和手上的一片闪亮的鱼鳞,在我们面前不停地摇摆他的身体。他无法安定下来,抑或是因为内心的飘忽与哀伤。我想,他即使不为母亲伤怀,也会想到这么多年来自己的种种不易。父亲跟我说,他接到弟弟电话的时候,差一点掉到河里。他这样说,似乎在向我表示,他的起码的在意。我想他不必如此刻意。

父亲和我列了一个长长的名单,然后又一个个画去。最后,我们觉得谁也没有通知到场的必要。

生来寂寞,死亦孤独,我没有任何的悲伤,只是有点麻木。我盯着母亲的遗体,她瘦小得像一只枯蝉,我回忆不起来,以前人们热络地叫她上海阿姨时的模样。我甚至无法确认,她是否真的是我的母亲。当然这不会有问题。

本来我想的很简单,都是钱的事,挑个好点儿的墓地,办完事,我还得回趟上海。但在大清早出门去殡仪馆的当儿,弟弟把家里的一只青花罐塞进了我的小车后备厢。这是什么?——其实我心明如镜,只是一时有点儿蒙。我对它太熟悉了,那是家里以前的糖罐,上面印有双喜字的青花。那时候,糖的地位极高,母亲把它放在床边五斗橱上的一只喜罐里。我和弟弟老惦记那里面的糖,从床边爬上去,揭开那个小小的用布包裹的盖子,用蘸了水的筷子插进去,就这样够一点点糖出来。后来糖不再稀有,喜罐也回到一个老物件应有的价值上——那是外婆在母亲结婚的时候随的嫁妆。本来是一对,另一只早就让我带到了上海的家中。母亲生前对我不止一次地提到过她的喜罐。母亲说,我啥也不要,就用它收了我的骨灰,寻个没人的时候撺到海里厢去,越远越好。母亲后来又说,顶好雇只船,挑个月亮夜……一开始听起来没什么,倒觉得母亲向我

喜罐

描绘了一幅现世的美景以及她对待死亡的豁达。我说好的,你的日子还长着呢。母亲对我的敷衍显然不满意,她哆嗦着用手攀附着我的外衣,抓住我的胳膊说,你要依我!

弟弟心里其实是明白的,他暗里跟我说,妈是不想和爸爸以后合葬。我说我知道。母亲要的就是逃走,灰飞烟灭,不给父亲留一点余地——但是我搞不懂,一辈子都这样过来了,何必在最后的时刻做此选择?弟弟捧着那只喜罐,在焚尸炉前等领母亲的骨灰,时间有点漫长,也有点不忍直视。我悄悄地退出来,在外面抽了一支烟。我看到焚尸炉高高的烟囱,我不知道那缭绕的烟雾,是否就是我母亲升腾的灵魂?

可以想见的是,殡仪馆拒绝了我们的寄存请求。那个喜罐,又回到了原来的地方。一段时间内,我尚腾不出时间和精力,如母亲所说,去"雇一只船"。弟弟把它放回五斗橱上,我本想,就算父亲不计较,是否也该放到"合适"的地方,但这话不太好讲。它看起来一如往常,只有我们心里明白,它与往日的不同,房间里的气氛似乎也变得诡异起来。依照习俗,父亲没有去殡仪馆,我们回去的时候,家里整个都埋没在国产枪战片巨大的声响里,我进去把电视关了,在突然到来的宁静里,我听到父亲婴儿般的哭声。他一边抹眼泪,一边又去找了块干净的布,把喜罐搂过去,小心翼翼地拭了又拭——我无法揣摩父亲看似多余的殷勤里,他的真实的内心。

虽然搬过两次家,但家里的格局,好像还是老样子,都是一概地小。传说中的老小区拆迁也没有下文。我坐在床边,床是铁质的四柱床,两边有栅栏和小部分繁复的雕刻,部分零件是散发着幽暗光泽的铜。弟弟正在想办法,把披着黑纱的母亲肖像,挂到五斗橱上面的墙上去。墙上已经有了一些陈列多年的老照片,多是母亲英姿飒爽的知青形象和这些年的彩照,另外有几张以上海外滩和石库门为背景的120胶卷的照片,凌乱地集束在一个非常老式的相框里。

刚才父亲接了一个电话,又中途摁掉了。他瞄了我一眼。我问他明天去哪里钓鱼。父亲说,钓什么鱼?父亲警惕的语气里,生怕我误会了他什么。他埋头掐自己的手指关节。每次母亲数落他的时候,父亲总是如此,把自己的指关节一个个掐过来,啪啪地响。母亲曾经说,他咯手骨是木头做咯。我不太懂我的父亲,他远离我们的生活,在离家很远的船厂工作,他并不是每个礼拜都来,所以他的出现总是猝不及防,对这个家庭来说,父亲是"另外一个人"。

母亲总是说,他还是不回来的好。

母亲一直刻意保留着流利的上海腔，未受粗粝的皋城方言的影响。在父亲听来，似乎有一种天然的酸刻。他永远吵不过母亲，听不下去的时候，他会到附近的公园转转，在象棋摊边看上半天。有时，他就直接坐班车又回他的厂里去了。这一着很杀母亲的气焰。母亲说，我还不能说他两句？让我不解的是，母亲竟从未动过一拍两散的念头，顶多拿"离婚"两个字当杀手锏，压压父亲的风头。父亲有过一次艰难的反击。好。父亲说，反正这日子也没法过了。这令母亲很意外。她本来已经走开，又缓慢地转过脸来，你讲啥？父亲没有再说什么，他在房间里转了一圈，本来想收拾点东西，却发现这个家没有什么可以让他带走的。

回上海后，我给家住虹口的舅舅打了一个电话。我在电话里，虽然强调了母亲的病情突然，但依然感觉自己言辞的苍白。电话那头静默了一会儿，然后说，不好意思，你打错电话了。这是一个有腔调的老男人，他在耐心地听我说完。我忽然觉得上次跟舅舅联系已经是两年前的事了。我只有他的住宅电话——他那个地方可能已经拆了吧。在母亲的丧事上，要不要通知舅舅，令我和父亲十分地纠结。那天，父亲的原子笔在舅舅的名字上不停地画圆圈。

我对舅舅的印象，与上海蛋卷、泡泡糖、波纹面等万花筒般拼凑在一起。皋城离上海并不远，坐夜航船到十六铺码头，中间还要在吴淞口外面停泊几个小时，抵岸时正好是第二天的清晨，然后再坐公交车到我舅舅家。早年有一次，我迎面撞见兴冲冲去买油条的舅妈，我一声舅妈还没有出口，她扭头就跑，抢在我之前，把她家小阁楼上的百衲布一样的窗帘换掉了，换成一块干净的窗帘布。她站在高高的阁楼窗台上换那块窗帘布，很危险的样子。我等在门口，只见舅妈花枝招展地迎出来——她又忙里偷闲地换了一件衣服。舅妈说，哎呀，你几时来咯——仿佛刚才那一幕并未发生。

根据政策，母亲可以选择一个子女拥有上海户籍，前提是必须有上海的住址和监护人。她找到我唯一的舅舅。舅舅住的是外婆的房子——说起来，母亲也是大可以理直气壮的。但是，当时已年老痴呆的外婆连母亲都没认出来。外婆倒是欢喜万分地说，屋里来客人啦。在场的表弟极轻率地随手将外婆的轮椅往房间里一推。我听到里面传来轮椅碰撞的声音。母亲把提上门的水果往旁一摔，咆哮道，你哪能这样子对你奶奶？当时的情形就是这样，已经没有好好说话的气氛。母亲把舅舅拉到门外，母亲说，我儿子不会真的来住，只是想把户口落到上海。舅舅给了她一个手势,三万。舅舅的意思是,这三万只是让他能够在舅妈面前好说话。在当时,三万对我们来说,不是一个小数目。好的,母亲说,你这样子讲出来,我也不欠你啥了。傍晚,我们站在十六浦码头上,等待回皋城的夜航船,晚风吹拂着母亲的鬓发,她望着奔流的黄浦江,流出一滴清泪。

因为这件事,母亲的情绪一直过不来。她跟我回忆了太多上海里弄的生活。母亲说,你搭我争点气,考上复旦,以后我要跟你去上海过老咯。每当母亲神情机密地跟我说什么的时候,我总能看到弟弟的身影。在我的记忆里,弟弟总是无辜地站在墙角,奇怪地看着每一个在他面前走过去的家人。他把自己当成一个局外人。弟弟什么都明白,倒也不是说他有什么额外的想法,他只是害怕失去我。我们感情很好,虽然彼此也没有什么交流,但是我知道他喜欢和我在一起。似乎两个人的沉默更让他踏实一些。我说话的时候,他会专注地看着别处,我知道他在听。我跟母亲说,这个机会留给弟弟吧。说罢我便觉察到自己可耻的虚伪。当时母亲剜了我一眼,你这个戆头!

母亲不喜欢弟弟,似乎也不仅仅因为他的缺陷。说白了,弟弟是一个兔唇。我和他相差六岁,当我上小学的时候，弟弟还在托儿所里，阿姨们拿着饭匙往弟弟兔唇里塞，而米饭并不总是在他的口腔里，他的喷嚏会把这些汤汤水水还给那些拿饭匙的女人。弟弟很认我，看到我的时候，他会笑，那真是一个令人心碎的花朵般的笑容。由于错过了最好的手术时间，他的缺陷过于明显，口齿不清——母亲当然也把这一切统统归咎于父亲。弟弟在我分公司的仓库里上班。他一般也不太回家。他喜欢走象棋，没事的时候，怀揣着我给他买的那副考究的象棋，去找他的对手。我在，他就跟我下。有一天，我们在附近的一个餐厅吃饭，我的身边多了一位姑娘。我私下里跟弟弟说，介绍给你做女朋友怎样？弟弟的脸唰地红了，他把自己关在洗手间里不出来了。那天，我陪弟弟下了一晚上的棋。

夜深人静，从二十一层的办公楼看出去，城市仍飘浮在一片璀璨灯火中。

母亲曾来上海住过几年。她目睹了我那场一败涂地的婚姻。母亲一直不看好我的江西籍的前妻，她认为前妻脸上的痣长得不是地方。如果那颗痣长在嘴边，比方说是一颗吃饭痣，母亲是否就会喜欢呢？也未可知。别的不说，单就婆媳关系，前妻作为一个知性女人，在母亲面前也算言行得体，合乎礼节。只是有一次出去，遇上刚从外面回来的对门太太，很失分寸地问前妻，你家先生给你找了个老保姆？那位太太也是随口一说，并不寻求答案，一边说一边兀自走向电梯间。前妻冲她的背影苦笑了一下，而在母亲看来，这种事情是要给予有力痛击的。

我在附近为母亲租了一处房子，很合她的心意。我跟母亲说，把外婆也接来吧。母亲说好。我们把当时已在养老院的外婆接到了家中。外婆来的时候，盯着母亲看了半天，我以为她这次能想起片鳞半爪，最后还是陷入记忆的漫漫泥沼。她只认得外滩和东方明珠塔，每当在电视里闪现的时候，她会指着说，上海！上海！后来我把弟弟也叫过来，母亲毕竟一把年纪，对付外婆也有点心力不济。这段时间，皋城的家中只剩下父亲一人，因为我经常要回去，所以偶尔还能见面。那时他已退休。我不知道跟他说什么，每每提及上海，父亲必是沉默。

那天，我请母亲和弟弟在沈大成吃饭。母亲说，沈大成早底子老有名气。回去时，我们又在离家不远的一家超市转了下。弟弟找了一辆购物车，他发现这个购物车很好玩。母亲说，你给我重气点，弄得来乡下人一样。弟弟说，我就是乡下人呀。母亲不响，她瞄了我一眼，她老觉得这么多年来弟弟还在计较这件事。一圈逛下来，母亲发现上海产的东西居然少得可怜，这是她未曾想到的。她倒是在那里看到了皋城的酱油，还有皋城产的鱼片和鱿鱼丝。她把我老远地招呼过去，点给我看，真是格外地亲切。

母亲在上海，很少与外界联系，包括她的几个数得过来的旧好。她有一个小本，那是上世纪九十年代初的一次在沪知青聚会产生的通讯录。看着上面的人名，往事在她的脑子里闪烁。这个小本子，就是她最好的知青朋友马晓燕复印好寄给她的。马晓燕很早就去了加拿大，母亲听说她已经回来了。我觉得很奇怪，她是如何听说的呢。母亲笑道，我梦见她回来了，她还要到皋城来看我。这么说着，母亲就要给马晓燕打电话了，片刻不可拖延。可是，这个小本上，已经没有一个电话可以打通了。母亲一遍遍地打，一遍遍地听着人家的中英文提示。我不禁有些替她难过。

当年，母亲和马晓燕分在红旗农场的棉花队里。毒太阳底下一望无际的棉花地，连个躲荫的地方也没有。听说第二日就要把上海户口迁过来，两个人连夜出逃，走了六个多钟头的夜路，进城时天已微明。她们买了船票和一些糕饼，躲在码头边无人值守的货船里。上海客轮就泊在附近，但它要等天黑才会开。终于挨到天黑，上海轮船马上要开了，皋城红旗农场的民兵连也赶到了。父亲当年就是民兵连长——我无法想象他当年的风采。这个故事，母亲不知讲了多少回。在母亲绘声绘色的描述里，父亲以及他的手下全副武装，甚至是"手榴弹别了腰里厢"。母亲说他们"像德国兵一样"，一只船舱一只船舱搜查过来，最后在底层的通铺舱里找到了她们。当时有人提议把她俩捆起来，父亲晃了下脑袋，他的意思是算了。在母亲的回忆里，父亲还冲她诡异一笑。她们被押回红旗农场后，关在一个棉花仓里。母亲很后怕，不知道会是怎样的下场。马晓燕说，吓煞也没用。她们弄了一些棉花，把自己埋在里面，很快就沉沉睡去。翌日有人来探视，打开仓门，见里面空无一人，大惊失色。那天上午，民兵连把红旗农场掀了底朝天，所有知青都分头去找，在有树林有河浜的地方，大喊着她们的名字。

我平常在办公室过夜。那天夜里，我回到了久违的家中，进门便看到玄关柜上那只从皋城带来的喜罐，虽然我明知它是"另外一只"，还是倒吸了一口冷气。这只喜罐比留在皋城家中的那只品相要好一点，摆在那儿也非常合适。它本来是不放东西的，空的。但是日子长久，手里有什么额外的小东西，总是习惯往这个喜罐里一丢。久而久之，找不到的小物件都会在这个喜罐里找到。我把喜罐里面的东西都倒了出来，里面都是一些来路不明的小钥匙之类。我在里面找到一个从国外带回来的非常精巧的指尖陀螺，前妻怀我女儿的时候，我以为是一个小子，以后会用得着。我还找到了一个有过短暂交往史的林姓姑娘遗漏的发卡——我没有把姑娘往家里带的习惯，这是一次例外。此外，还有母亲遗落的一张在上海就诊时的门诊卡。

外婆去世后，母亲的身体也每况愈下，其间做过两次手术。做手术的上海老头，悬着一只干净而苍白的手，就像在空中托着母亲可怜的心脏。老头说他每礼拜要到皋城医院动几只手术，赚个外快钿。说到外快钿，这个白净的老头不好意思地咧了一嘴。老头说，毕竟，你的医疗关系还在皋城，对吧？这样的顺水推舟，又让母亲万般无奈地回到了皋城。

回来的那天，正好是跨海大桥开通的前夜，我们在开往皋城的客轮上，碰到了一对清明去扫墓的中年夫妻。男方的母亲是上世纪五十年代上海支援全国的热潮中，自愿下放到皋城的越剧名伶。这对夫妇刚从国外回来，口气大得吓人。特别是那个女的，本来就不想随丈夫到这种地方来，一直在抱怨皋城的落后与封闭。那个女人说，哎呀，脏是脏得来要命。坐在一旁的母亲脸色煞是不好看，她终于听不下去了,她对那个女人说,不能这样子讲,这几年皋城变化还是蛮大咯,慢慢会好的……这是我第一次听到母亲为皋城辩护,我的内心真是五味杂陈。在我的记忆里,母亲从来看不起皋城,困守皋城是她一生最大的悲哀。

弟弟一直没有和我联系,他好像最近又棋逢对手,整天在微信里晒他的棋谱。

我给父亲打过几个电话,我们也只是谈论天气和饮食,还有他新养了一只猫。他起劲地形容那只猫的可爱与顽皮。我问他最近在哪里钓鱼,这令他警觉,好像我又在谈论不合时宜的问题,伤害到他什么。这不是我的本意。所以我也不知道跟他说什么。我本来想跟他谈谈母亲的善后。如果他觉得喜罐并不碍事,或者等他百年之后再作主张,我也没有问题。我们尊重母亲,当然也听从父亲的安排——做子女的没必要跟父亲过不去。说到底,我和弟弟只是这个家庭的旁观者,是一个孤立的存在。我们对父母并没有太多的亲近感。母亲的离世,在我的内心少有波澜,而弟弟最初的伤悲更像是对变故的不适。

我很想跟父亲谈谈我的心里话。其实,我并不欣赏母亲的别出心裁,这种新式风尚,若在民政部门的安排下，想必是这样一幅荒诞的图景：一群八竿子打不着的陌生人，据说是八到十个，为了这种事情挤到一条船上，一脸的庄严肃穆，然后家属发言、领导讲话、记者现场采访，这时候连哭声都是互相模拟和传染的。对我来说，这是一桩私事，必须以非常私人化的方式去解决。但我不知道，母亲说的月亮底下的那条船在哪里。本来开往上海的夜航船正洽此议——这种开放式的客轮现在几乎绝迹，都是封闭式的小快艇，就算有汽渡，大白天的众目睽睽，也不允你有什么想法。上海夜航船开到吴淞口外面还要停一停，那时正值深夜，正好趁旅客们熟睡之机——但跨海大桥的开通，让这艘客轮永远停泊在过去的场景里了。

  我翻遍了我的手机通讯录，跳入眼帘的是一个在皋城渔政部门工作的同学，他手里肯定有船，而且半年前我们刚开过同学会，所以打这个电话也不算太唐突。结果，还是因为长时间的隔阂和平时关系的疏远，使我们的对话似乎一直在嘻嘻哈哈的调侃中进行，好像不这样打哈哈，我们就没法说下去。对方回忆起某女士在同学会的晚宴上喝醉而沉沦的样子。也许这半年多来，他就冲这个乐了。他说了半天，我也只好赔着笑。本来这个同学会，我是一点兴趣没有，盖因一个我以前心里起过小浪花的女生，打电话给我，问我是否来——你来嘛，她说你不来，那多没意思啊。到场后我才得知，整个活动都是她在操作，而且我已经不认识她了，倒不是说她胖，是面目全非的那种。那个同学说，你什么时候过来，我们拉一桌？

几天后，我回到皋城，倒也不是为了"拉一桌"，我是想看看有没有从他那里弄条船来的可能。跨海大桥开通以后，从上海到皋城开车仅三个半小时。弟弟正好在公司，我们在附近解决了一顿中饭。弟弟吃饭特别地快，囫囵吞枣似的。他吃着吃着，突然停了下来，一个问题阻碍了他。弟弟说，那只喜罐不见了！他这一说，吓我一跳，不过我很快便觉得没什么了。我跟弟弟说，当时把喜罐放在那里本来也不合适，肯定是父亲心里瘆得慌，把它搁到哪个墙旮旯里去了。弟弟平常不太回家，那天他突然想起从前家里的一本棋谱书。父亲不在，照例是钓鱼去了。弟弟说，后来他发现母亲的遗像也不见了，不过他在一个老式的高柜上找到了。父亲在遗像面前摆了一瓶酒，就是你前年从俄罗斯带给父亲的伏特加。弟弟因此很纳闷，母亲生前很爱喝酒吗？他不清楚的是，那瓶酒其实早就喝掉了。父亲在那里摆一个空瓶子是几个意思？我的脑子里曾经闪过一些无耻的念头，比如父亲把母亲的骨灰分作若干等份——其实母亲的骨灰的量极少，据说是长年骨质疏松所致——父亲由此做了鱼饵，反正江河溪流最后都归向大海，也正洽母亲的思路。当然父亲也不是这样的人，他做不出这样的事情来，但是他把一个空酒瓶子放在那里是几个意思呢？我问弟弟，爸是不是有什么新的动向？弟弟摇头说，没有，他只是多了一只猫。这只猫父亲已经多次提到了。

一个钟头后，我见到了那只超级大肥猫。这只猫躺在父亲的怀里，连我的到来都没有引起它的警觉。好久没见父亲，父亲有点胖了，气色比以前好很多。他怀里的那只猫，本来为一对中年夫妇所养，结果人家晚来得子，女的怀上以后，就觉得这只猫怎么都不合适了，怕动了胎气。这只猫送到了父亲那里以后，倒也不见外，到处扑腾，父亲欢喜得不行——这些年也没见过父亲喜欢过什么——连他的垂钓爱好，在我看来也更像是躲避。这只猫的到来，一扫家中多日来的晦气，当然也闯了不少祸。这只大肥猫看上了父亲的抽水马桶。马桶本来就是坏的，水箱早就不出水了——不出水也没有关系，父亲什么都能对付。他每次方便完，都是一勺一桶地解决问题。那只肥猫爱上了那个干涸的水箱，每天在那里打午觉，它就喜欢把自己肥大的身子塞在里面。

本来裂成两块的水箱盖被彻底粉碎，这不奇怪。奇怪的是，这个水箱突然有一天冒出水来，肥猫差点夹在里面淹死。

我在家里一连住了几天，那只猫也渐渐地与我相熟。这确实是一只好玩的猫。因为这只猫，父亲钓来的河鲫鱼基本上都由它包销了。那天我看着这只猫，突然明白过来喜罐为什么消失了。父亲没有提到那只喜罐，他只是说，把母亲的一些东西都收起来了。我说好的。我照例起来得晚，那只猫已经睡到了我的床上。父亲出门后，我打开了那只旧式高柜，我相信在与母亲漫长的默视中有过交流。她既然可以把自己放在一只陶罐里，那么现在改成了伏特加瓶子，她应该也不会有太大的意见。

一切都是最好的安排。弟弟在网上结识一位高手，他在一个遥远的小岛上，弟弟要去会会他。开往那个小岛的船一周有两班，过夜即可返回。第二天中午，我们已经在小岛上大啖渔鲜了。海水是真的蓝，窗外就是沙滩，只见远处海天相接处，犹如一块缓缓隆起的蓝色大陆，一次次地向这边推移过来，掀起远古洪荒般的巨响。打开窗户，腥味的海风把窗帘直接卷到了天花板上。这么多天来，我的心房好像一下子打开。弟弟马不停蹄地去会他的棋友了，我睡了一觉，利用一个下午，走遍了这个岛屿的每个角落。这个岛屿有一个伸向远处的海岬，沿着两边都是峭壁的犹如刀锋上的小路，一直可以走很远。

我和弟弟再次来到这里时，已是子夜时分，弟弟发现我的手里多了一样东西，弟弟说那是什么，他马上有了预感。是的，他看到了那只伏特加瓶子。除了这瓶酒，父亲另外还放了一杯清茶。弟弟并没有发现这里面的玄机。那天，我与父亲有过一次深刻的长谈，父亲哭得稀里哗啦，抱着我拼命地摇晃。弟弟听到这里，哇的一声，蹲在地上不走了。我说走吧。那夜的月色特别地好，岛上蒙着一层澄净的银光，我和弟弟走在那条向着远处延伸的海岬。我们一直走到尽头，发现那里多了一条小舢舨，在岸边动荡不安。我们坐在小舢舨里，舢舨摇晃得很厉害。我们打开那瓶酒，就像它最初被打开一样，发出噗的一声，从里面跑出来丝丝缕缕烟雾样的东西，那是母亲的灵魂吗？弟弟仍在因为紧张而哭泣，我心里默念着要对母亲说的话，慢慢向海里倾倒……

当晚我做了一个梦，梦见自己躺在那个喜罐里，那只喜罐非常大，几乎大到是整个世界，又极小，小得像一颗微尘。弟弟在那里使劲地舔古巴红糖，我在一边替他放哨，盯着那个天窗似的小口，竟看到母亲的张望进来的脸。

画了一个十字

那天在手术室门外,李沫等了四个小时。

手术室在三楼,出电梯,右边就是手术室,一道磨砂玻璃移门遮挡了外人对其内部世界的探究。电梯对面是两把挨墙的钢质长椅,它所提供的座位,显然与里面十余台手术同时进行的情形极不匹配。与长椅无缘的人,在这个局促的空间里做无谓的徘徊或停留,惶窘之余最后都在各自的手机里得到了暂时的安顿。长椅旁边,另有一个楼梯口,李沫就坐在隔壁的楼梯上,通过对面的楼道窗,可以欣赏到住院部一个乏善可陈的局部,被光溜溜的树枝分割的天空和同样阴郁的建筑。其中一个楼顶上,翻卷着许多白色的床单。

此刻，他老婆徐小曼应该躺在麻醉预备室里。李沫有过这样的经历，那年夏天他出了很严重的车祸，生活被迫中止。李沫知道一个人躺在移动床上的感受，没有人来理会，任凭内心滋生着对未知的恐惧。手术完成之后，还会被撂在麻醉恢复室一段时间，尽管你很清醒，也得等护士小姐想起来给护工打电话。她们正在隔壁讨论下了班去哪里潇洒。作为外人总是格外能够宽宥和理解事关现代医学的尊严和傲慢。

刚才主刀医生出来找他，重申了手术中有可能发生的风险。他委婉地表示，亚裔女性的尺寸不像欧美人丰满，如果在本就不宽裕的乳房上切掉这么一大块，就有可能……李沫听明白了，明明是在嫌弃徐小曼的乳房小呗。医生表示他和徐小曼已经沟通过了，她已经签字。术前签字不是早就签过了吗？李沫搞不明白，也根本不相信徐小曼能有面对的勇气，她可能并不清楚医生在跟她说什么——一个躺在手术室任人宰割的角色，除了对医生言听计从，还会有别的选项吗？

徐小曼今年四十又八，虽然年老色衰，但她的形体一直保持得很好，一个解散多年的越剧团演员、县文化馆戏曲干部和深受爱戴的旗袍社社长，一对健全的乳房对她的意义是不言而喻的。医生说，我不是来征求你的意见，是你老婆让我出来告诉你一声，她可能觉得你有这个知情权。李沫觉得，一定是她自己拿不定主意，让医生来问一下在外面等候的丈夫。李沫古怪地咧了一下嘴。对了，医生说，你们夫妻间的感情怎么样？李沫茫然地看着他，突然觉得这话问得意味深长。

李沫回到楼梯间，看窗外不远处的一个挖掘机如何把一幢楼倒毙后剩下的建筑垃圾装到往复不停的卡车上运走。他好像没有太多的悲伤，只是心里有点堵。李沫一边看挖掘机工作，一边在想那个医生。李沫在病区的白墙上看到过这位仁兄的介绍，赵某，博士研究生，曾在美国加州乳腺肿瘤中心工作，拥有十余年临床经验，每年独立主刀乳腺手术超过五百台。一个留美博士，女人趋之若鹜，李沫不知道他在抚摸她们的乳房时，职业的本能是否会严重干扰到一个男人原本正常的肉欲。他的那双白皙而干净的手伸出去（他真是长了一双好手），她们的内心是否都难免那一丝的悸颤。在赵博士看来，那花朵般的腺叶，可能只是病灶和恶疾的温床。

那天，赵博士就这样摸着他老婆徐小曼的乳房，他是用指尖托着徐小曼并不丰腴的乳房。指尖与手掌应该是他的职业界线。徐小曼没想到会碰到一个男医生。她不知道这个世界上乳腺方面的专家几乎都是清一色的男人。她一看是男医生,就浑身哆嗦,她一紧张就要上厕所。她已经上过一回厕所了。徐小曼问李沫说,你介意吗?李沫想我介意屁啊,我有什么好介意的,人家是医生,医生什么不好摸啊。但李沫不能这么说,搞得好像李沫一点也不在乎她似的。徐小曼别扭了半天说,那你陪我进去。好吧。

这是李沫第一次见到这位赵博士,虽然对方完全当他是空屁。做了彩超,赵博士便说不对,他让徐小曼靠在他的诊床边宽衣解带。李沫看到徐小曼尽量挺着胸膛,手指紧紧地掐着身后的那床薄褥子,嘴里甚至发出了久违的呻吟,最后啊的一声叫起来。事情在赵博士那里显然十分明了,他说,住院吧。徐小曼好像还听不懂,医生,我这是什么问题?这个赵博士缓慢地抬起脸,又忙里偷闲地看了李沫一眼。他说,乳腺癌。

很奇怪,当他吐出这三个字的时候,李沫的内心并没有太多的波澜。这些天,在老家医院发现端倪时,他立刻订高铁票,订酒店,掐着赵博士的门诊时间,舟车劳顿,还没来得及想太多,只是一种莫名的压迫感,死死地堵在他的胸口。虽然赵博士后面的话,都在修正前面那个轻率的结论,他谈到了概率——也就是说,经过接下来的一系列检查,最后还有百分之四十的良性可能，但徐小曼的脸色无论如何都不可能好看了。

从那里出来，徐小曼每一步都像踩在海绵里，她让小台阶绊了一下，幸亏扶住了墙，却沿着墙壁慢慢滑拉下来，她已经坐在地上了。李沫刚想上去拉她起来，一个从那里经过的盛装女人，回过头来看了她一眼。这一眼深刻无比，让徐小曼立马起了身。住院首先要走社保，李沫提醒她先给单位会计打一个电话。让他吃惊的是，徐小曼马上换了一个人似的，她在电话里爽朗地笑了，她提到了上海。单位会计说，对咯，你女儿在上海读书。徐小曼没有直接回答，而且轻描淡写地说道，难得来趟上海，我家先生非要我去检查一下身体。会计说应该的，人老了嘛总免不了跑医院。这话让徐小曼听了不是滋味，不过会计马上给了她一个号码，她说，现在异地就医备案很方便，给这边的社保局打一个电话就可以。

很快办完了入院手续，徐小曼手腕上多了一个小纸环。戴上这个小纸环，她觉得自己浑身乏力，差不多需要李沫搀扶才可以走路。病房在十楼，护士拿仪器扫了一下，二十一床，她说。她甚至没有抬起头来看徐小曼一眼，顿时让徐觉得自己跟那些病恹恹的提溜着导流瓶在走廊上游荡的女病号没有区别。病房在走廊的尽头,二十一床挨着门。隔壁床的丈夫见到徐小曼,立刻把胯下的方凳腾出来。这是你的。谢谢。他们什么准备也没有,碗啊脸盆啥的。李沫把病号服压在枕头底下,然后把一个喝了一半的空矿泉水瓶子扔进床头柜的空抽屉里,算是完成了某种仪式。两个人出来,走廊那头有一个窗户,窗外暮色渐沉,一片细碎老城之后,陆家嘴金融中心在远处闪烁。此时,走廊上响起送饭车的车辘辘声。徐小曼嘟着嘴说,我要回家。李沫明白她的意思,他不禁往身后的护士站看了一眼。

他们订的酒店离医院不远,沿路都是风情十足的小马路,法国梧桐掩映下的老别墅,无不述说着旧时光里的人和事。以前也住过这里,附近有一家很有格调的书店,李沫曾经在那里消磨过一个下午。生活总是这样不经意间被改变,再次经过那里,却已经没有驻足的可能。这当中,徐小曼接过一个电话,她一开始没有接,手机一直在振动,那是她最好的闺密。电话里两个人还有说有笑的,开口就是哈喽啊你好啊,李沫听着还挺宽慰,心里一直怕她扛不住。李沫听出来,对方所谈无非又是旗袍社的内部纷争,徐小曼鞭长莫及,她接完电话,骂了一句疯婆子，脸上的笑容马上归零。

当晚，他俩都没有吃饭，徐小曼对付这类事情的办法就是蒙头大睡，无论李沫说什么，她都不作应答。李沫给她叫了一份外卖，她喜欢吃的上海耳朵馄饨。他出去给自己买了一袋吐司，回来又在门口等他的外卖。魔都夜景在酒店落地窗里形成流苏般的梦幻景象，晚归的人群中仿佛闪过徐小曼年轻时的身影，有那么一刻，李沫的内心潮汐翻涌。

那天夜里，李沫很晚才入睡。他听到徐小曼裹在被子里的哭声，默默地伸过手去，和她十指相扣。后来他梦见他俩被人群冲散了，满世界找她，最后把自己给弄醒了。时间是凌晨一点，徐小曼的被子是空的，而卫生间的灯是亮着的。卫生间的灯本来就是亮着的，他住酒店有在卫生间留灯的习惯。令他宽慰的是，那碗馄饨只剩下了少许汤汁。他叫了一声小曼，没有应答。他的梦里下着雨，应该是徐小曼刚才洗澡的水声给他制造的场景。李沫猫手猫脚过去，只见徐小曼披着浴巾赤身站在镜子前，久久地看着那对乳房，任由泪水无声地流下来，仿佛在和它们做郑重的道别。

徐小曼转过脸来，陌生地看着他：你有多久没有碰它了？

画了一个十字

徐小曼有一对漂亮的小乳。古人以小乳为美，呼之丁香乳。李沫不是贫乳控，男人的本能里都喜欢大胸。但倘若其他条件不具备，一味地胸大，那只是扑面而来的乡村气息。他似乎也有对短发、清瘦以及白衬衫的执念，说实话，小胸脯的女生也性感。李沫就是这样喜欢上徐小曼的。她的左乳头有点内陷，即使在妊娠以后，在体内孕激素的作用下，左乳头也没有凸显到令女儿满意的地步。给女儿喂奶的时候，如果换到左乳她就会哇哇大哭。她无法含住那个乳头。李沫睡在徐小曼的左侧，他转过身去，手掌刚好会落在她的右乳上。在潜意识里男人似乎还停留在婴儿的口腔期，吮吸女人的乳房总是做爱时必要的前奏。后来李沫发现她的乳房开始变得一大一小，右乳比那个备受冷落的左乳似乎要大上一轮。李沫不知道从哪里得来的知识，好像备受蹂躏的乳房是最健康的，修女和尼姑的乳癌发病率最高，而妓女少有这方面的问题。所以，她的左乳出什么问题，李沫觉得他和女儿罪不可恕。

女儿今年大二，她就读的上海音乐学院就在附近。本来到上海的头天晚上，李沫就想约女儿出来吃顿饭，音乐学院附近有一家餐厅，女儿特别喜欢那里的奶酪包子，配合软软的帕尔马火腿一起吃，很惊艳。但徐小曼完全没有情绪，她不想让女儿知道，也不允许李沫透露出去一丝半缕。她来上海是机密行动，她把手机调成了静音，有电话她会看一眼，然后任凭它像昆虫一样长久地发出振翅的声音。在闺密电话之前，其实还有一个电话，是女儿打来的。徐小曼很敏感，手机一振动她的身体就会咯噔一下子。她虽然把手机调成了静音，然后心里面似乎又在等待着什么。女儿在电话里奇怪地问她，旁边怎么还有人在说上海话？她直接崩溃，手机像烫山芋一样被摔出去老远。后来还是李沫用一长串爽朗的笑声掩护了过去。

此刻李沫躺在床上，望着天花板发呆，他不知道如何去宽慰身边的女人，有些事只能让她自己慢慢去消化。他闭上眼睛，昏昏然睡了过去，他最后是被枕头砸醒的。徐小曼抱怨他的没心没肺的呼噜声如何像一把钝刀子那样扎着她的心。她已经把洗漱用品都收拾好了，还有她外出必带的旅行装洗发水和沐浴乳，以及一次性马桶垫。每次出门，徐小曼总会在酒店的卫生间里发出惊世骇俗的一声，啊，马桶垫忘带了。李沫总以为她看到了蟑螂。

时间不早，两人匆匆赶去医院，过七点住院大楼就进不去了。上电梯，有个男的拎着一碗打包好的早餐向她微笑示意，徐小曼这才想起来是隔壁床的老公，这个张飞一样五大三粗的男人，笑起来竟也暖意融融。这么早就把早餐送来了，医院有早餐的呀，看这男人被调教的，回头再看李沫——那一刻，这个与她生活了数十年的男人给她的感觉极为陌生。

护士来扫码，把消失了一晚上的徐小曼刨了一顿，并且令李沫等外人即刻离开。李沫和张飞到卫生间和后面的过道里转了一圈，又悄悄溜回病房。这时徐小曼已经穿上松松垮垮的病号服，她抱怨说一点也不合身。这东西有合身的吗？条纹在中世纪就被视为邪恶的象征符号，病号服应该延续了这些古老的信息在里面的。徐小曼穿上病号服完全变成了另外一个人，她的戏剧、旗袍和舞台都不见了，她甚至看上去有些苍白，她是一个病人。

赵博士来了，他在一帮年轻大夫的簇拥下进来了。赵博士看到李沫，脸上闪过一丝这个人哪里见过的疑虑，但很快就消散了。他先问候了靠窗那床的病人，她叫张春花，张春花一个劲地向他诉说被重建的假体胀痛得无法入睡，还陪了几滴眼泪。赵博士说，疼痛嘛会有个过程。他示意陪护把帘子拉一下。这差不多只是一个象征动作，借着窗外天光，从剪影里完全可以领略个大概。张春花的傲人双峰在赵博士面前展露无遗，赵博士说，效果很好，你捏一下，完全可以乱真嘛。张春花捏着自己的双乳说，就是有点疼。李沫这边，仿佛听到了塑料小鸭被捏瘪时的那种空洞的声音。他当然不会听到这些，那只是他可耻的内心回响。

赵博士接着关切中间那床。他在张飞老婆的肺部发现不良症状，怀疑是乳腺癌转移。赵博士表示，要同呼吸科医生会诊一下，如果两者没有关联，他才可以考虑动刀。这时从门外冲进来一个女的——李沫刚才好像在走廊上碰到过她，寻寻觅觅地好像在找她的主治医生，她问护士，护士也没搭理她。看来她要找的就是赵博士，她总算在这里把他给逮着了。她看到赵博士，似乎就要扑将上去。赵大夫，为什么要给我保乳？那女的说话很冲，她有点着急，还有点委屈，刚动过手术的身体还有点跟不上趟，一边还猛喘气。赵博士说，你的肿块小，当然可以保乳的，手术前你都签字了大姐，你不签字我们能给你打麻药吗？大家觉得对呀，都扭头看那女的。那你没跟我说保乳以后还要做化疗啊，我咋听说化疗的钱比手术还贵，我一个农村妇女，到这里来已经背了一屁股债，麻烦你给我全切了吧，我听说全切就不用做化疗——我已经五十多岁了，孩子都大了，我留个它有个啥用？你都切了吧赵大夫，切它个干干净净，咱们不给肿瘤留一寸土壤。赵博士脸上闪过一丝不易察觉的笑,不过他克制了一下。他说,请你回到你的病床上去,我正在工作。

徐小曼这边还在热切地等着赵博士来安慰她几句,她对赵有亲切感,觉得是碰到一个熟人了——可不是,连她的乳房都摸过了呢。结果赵博士瞟都没瞟她一眼,便呼拥而出。

医生走了,那女的没有走,她觉得自己的情绪还没有表达完,还在那里喋喋不休地说,张飞心烦意乱,他说你走吧走吧,你跟医生去说。张飞心里其实羡慕得要死,人家保了乳还在那里嚷嚷,他老婆小命有没有都成问题。只见他老婆,一张乖巧小脸愁得让人心疼,她慢慢地将身子缩回被窝去,从喉咙底放出来一声长长的呜咽。她是上海人,这一点连她的呜咽里都听得出来。她一哭,弄得张飞没办法,他说侬弗要怕,医生么总归有办法。他翻来覆去两句话,顾自嚷嚷着,在床尾走来走去,好像只是在给自己打气。

张春花刚刚卖了惨,又得了几句夸,内心得到了释放,心情大好。她觉得刚才那个女病号简直就是神经病。她要吃橘子,让小娥给她拿。小娥是她的陪护,张春花又嘱咐她多拿两个,张飞没有心思吃橘子,她把橘子递给了徐小曼,算是建立了邦交关系。李沫千恩万谢地接过来,徐小曼的目光里杀出一把刀来,嗔怪他多事。小娥是个热心肠的人,她告诉徐小曼,你别心焦,等会儿有护工来,会带你去做检查的。

护工是一个满脸疙瘩的黑老头,有点像出演《肖申克的救赎》的摩根·弗里曼。

老头过来招呼,走嘞!其他几个女病号早早在护士站边上候着了,只有徐小曼还在床上。李沫问老头,都要做哪些检查,穿刺是不是很疼,他能跟着一块去否?护工有点烦他,要么你去,我就不去了,顺便那边还有几个女的你也一块带带去。李沫笑了,这个老头还蛮屌的嘛。此时忽然从哪个病房里传来一个女人撕心裂肺的尖叫声。老头过去瞭了一眼,回来说,这个女的昨天刚做的手术,大概是这时候才明白自己的乳房真的没有了。大家被这样的情形吓坏了,一个个无精打采地跟在摩根·弗里曼后面,徐小曼落在最后,她无助地扭过头来,李沫向她作出必胜的手势。护士长看到他和张飞很惊讶,你们怎么还在这里?李沫说,我这就走。他接下去的任务,是去给徐小曼添置一些住院的东西,比如说去买个脸盆,当然要买的不止是脸盆。

外面电梯口的人巨多,张飞跟他悄声说,那边还有一部内部电梯。他俩从内部电梯出来,李沫不知道来到了什么地方,他被一样东西吸引了,他看到的是一只矩形的玻璃陈列柜,里面有一只缓缓旋转的硅胶义乳。李沫在那里留步,他看着它,多角度观察,内心五味杂陈,好像也不乏有点喜滋滋的猎奇感。李沫拿出手机拍了一张照片,他想让徐小曼看看,即使真的失去了,还有补救的办法。这时候,张飞哀叹一声,他说没有乳房可以填充,但是她们内心的空洞永远也补不上了。李沫不禁又多看了他一眼。

那天李沫一个人在外面游荡了很久,在音乐学院悠扬的琴声里驻足过,那一刻他特别地难过。他已经买了一只粉色的塑料脸盆,站在音乐学院外的浓荫下,抚墙而悲。不过他马上为手里的那只脸盆带给他的荒诞感而发笑,笑到抽搐。

李沫在附近又添置了碗筷、拖鞋、吸管,包括曲奇和威化饼干。还有徐小曼最爱吃的上海条头糕,捧在手里还有点热乎劲呢。徐小曼说她犯恶心,什么也吃不下。她刚做了钼钯,她在微信里说,疼死我了呀,钉书机一样的声音吓死人。李沫听说这个检查会把乳房像大饼一样地压扁。他安慰了几句,但怎么说都显得虚情假意。正好到了上午的探视时间,李沫把东西送到病房,徐小曼还没有回来。她在微信里说,下午还要做检查,你明天再来吧。

徐小曼让他回去，李沫心里无声地开了花，他从医院出来如获大赦，穿插在都市洪流中的感觉格外地真实。他先是去了那家书店，在窗边落座并且要了一杯咖啡，口腔里的余韵，还有内心的缅怀，让他的目光开始迷蒙。上次来的时候，咖啡是两杯。第二天他送她到浦东机场，两个人就此别过。徐小曼这方面极其迟钝，有一个场合他记不清了，反正许多人都在，然后她像一匹母马一样冲出来，她对徐小曼说，你怎么把他打扮成这样，这种衣服他穿不来的。回来后，徐小曼也没觉得什么，她还反复跟李沫说，这件衣服哪里不好啦，我觉得挺好看的呀。

从书店出来，李沫路过一家羊肉烧饼店，始觉得肚子里有点空。大半天过去了，他几乎没吃过什么。他进去要了一份羊肉汤和一只烧饼。老板娘的河南话很好听，你好久没来了呀。李沫笑了笑，以为只是她的待客之道。不料，老板娘又夹过来一只烧饼。她说，你以前都是吃两个饼的，一个不扛饿。李沫方才觉得她认错人了，但心里很温暖，他的替身曾经多次坐在这里，匆忙中解决一顿中餐或者晚餐，李沫猜想他的故事里，有多少可能与自己重叠。

肚子里填了点东西，感觉又回来了。酒店在附近，其实他一个人也无啥意思，无非洗澡、睡觉，或者再看会儿书。他才买了一本《最后来的是乌鸦》。他在洗澡的时候喜欢唱歌,歌唱到一半,手机响了。我在洗澡。它听上去简直就是一个谎言。

探视时间未到,陪护家属都被挡在那道磨砂玻璃移门外——大楼每一层的格局都是一样的。李沫每次都试图跟人混进去,偶尔也能蒙混过关,但最后都让护士长驱逐出境。这个瘦小精干的护士长,把一支鸢尾花形的记录笔插在她盘起的头发上,蛮有风情的样子。

长椅上坐满了人,李沫照例回到他的楼梯间,坐在台阶上,看窗外的几个农民工抡着大锤怎样一点点把那幢楼的最后残余消磨掉。他在那里经常能碰到小娥,跟他一样,反正无处可去,早早就过来了。小娥住在医院对面的家庭旅馆,小娥抱怨说,连个卫生间都没有。张飞是上海人,这个时间他还在家里煲汤呢。一想起这个男人跟他老婆说话的小心样,李沫心里就难受。他每天把心思都花在给老婆做菜上,什么五谷粥、海带排骨汤、洋参淮山炖乳鸽,花哨得很,把徐小曼给眼馋的,她一直在抱怨医院的伙食,反正李沫从外面给她捎什么都不对。

见到李沫,小娥满脸含笑。无非是一点邻床陪护的关系。小娥叫他李师傅。李沫听着怪怪的,原来这么快人家就已经掌握了他的底细,所以她接下来向他抖露什么,都非常好理解。她要说的是张春花。我和春花是从小一块长大的姐妹,后来都嫁到了河对岸的村子。小娥说,春花的病,全村只有我一个人晓得,我开始以为她就要死了呢,难受了好几天,结果她好模好样回来了。小娥说,切掉一只乳房算什么?搁我干脆另外一个也不要了。李沫听着新鲜。但是张春花心里头过不去啊,三年里头没有照过一回镜子。小娥说,男人对她不好,从医院回来就没拿正眼瞧过她,嫌她的病丢人,连吃完药的空盒子都不让她丢垃圾桶里,怕村里人着眼。两人同房,她男人要把她胸部以上的地方用枕头捂住。春花伤心呀,她跟我讲,这算什么,他是在跟一头猪做爱吗?第二年他们就离婚了。小娥深深地叹了口气,她说张春花今年才三十八岁,她还要找男人,她离不开男人,背债也要做,张春花是这样跟我讲的,没有乳房女人岂不成了怪物?

听着张春花的故事,李沫心里想着的是自己的老婆。他还无法预知徐小曼的检查结果,无论是保乳还是重建,甚至香酥之地沦为一片疤痂,他的胳膊还会像从前那样越界吗,答案是否定的。他没办法欺骗自己。他们都已经很久没有做爱了,徐小曼怕是已经不习惯他的身体,不是嫌他冷,就是那里弄疼了她。他顶多在她生气的时候,有空捏捏她的屁股。这是朋友私下传授的,如果女人生气了,捏捏她的屁股就好。李沫发现没有用,他不知道徐小曼的情绪开关在哪里。

走廊。李沫望着窗外,徐小曼在跟他比画毛线针那么长那么粗的穿刺针,"砰"的一声,硬生生扎进去,疼死我了呀。他们会不会切掉我的乳房?李沫说,你别瞎想。徐小曼说她以前在公共浴室碰到过只有一只乳房的老女人。她的直观感受是,这并不是疾病和手术的产物,而是古时候因对家族的背叛而受到的戮辱。她有点害怕,一晚上都没睡好,这个破医院的床根本没法睡,床板和褥子各种硬,睡个把钟头就想起来坐一会儿。张春花疼归疼,倒不怎么哼唧,张飞老婆打起呼噜来吓死人,这个温婉小公主样的女人打呼噜你能想象不?徐小曼用了一个词,波澜壮阔。李沫笑了,所以啊,她嫁给张飞这样的男人总是有道理的。

徐小曼完成了所有的检查,不知道接下来等待她的是什么。第二天医院没有任何安排,也没有人来回应。徐小曼心里慌,她向每一个能见到的医生和护士打听,回答她的都是一副茫然的表情。她跟李沫说,我怎么觉得整个医院都是混沌一片,好像从来就没有我这个病人似的。李沫说有可能，所谓的检查也是假的，一切只是出于剧情的需要，也许那个护工老头，真是摩根·弗里曼也不好说。徐小曼猛揉了他一把，你就知道糊弄我。其实李沫心里清楚，最凶险的时刻到了。赵博士已经跟他谈过，前面的检查都指向最坏的方向，不过最后他要等活检的结果出来。在生命无虞的前提下，当然最好的是保乳，保乳以后还要化疗放疗，徐小曼瘦小的身体是否吃得消，平常一点点小事她都患得患失，以后的日子李沫不敢去想。

李沫说，我去趟厕所。其实是他的裤兜里的手机在动。徐小曼什么电话也不接，而他开始莫名其妙地接一堆的陌生电话。本来徐小曼每天发朋友圈的，早安晚安，听雨品茗，随拍，心安即是归处，土豆这样做比肉还香。三四天不发，因此暴露出她的日常生活的缺失，令她的闺密们寝食难安。她们打电话来，问徐小曼怎么啦，她生病了吗。李沫没有说谎的习惯，他尽可能地轻描淡写，对方的震惊与关切，都远胜她们日常维系的情感度，他还要保持适度的灰暗去匹配这样的对话。是的，她住院了。她正在检查，结果还没有出来，但愿是一场虚惊。如此。

这中间，他在一个巨大的垃圾桶后面的保洁室的暗角里抽了根烟。里面有一扇肮脏的小窗，虽然打开度非常小，不过吹进来的城市的风已经很好地消解了他手中的烟味。这时，门外传来张春花乡音浓郁的歌声，多想对你表白，我对生活是多么地热爱。

徐小曼已经不在那里。李沫最后是在医生办公室找到她的。跟徐小曼谈话的是一个上了年纪的胖胖的女医生，李沫从来没有见过，不过看上去超级地和蔼可亲。她给徐小曼看片子，她指着其中的一个点，你看这个地方非常亮，非常活跃，它每天都在吸收你的营养。她说话至轻至柔，简直如沐春风。徐小曼不明白医生在跟她说什么，非要逼着人家把这个词说出来。医生说是的，现在可以确定是恶性肿瘤。这样的结论并不意外，但李沫的心脏已经像水泥一样快要凝固了。再看徐小曼，在医生面前她一直佯作轻松，现在这个面具已经碎了满地，奔涌的泪水出卖了她，她扭过去，强忍着不哭出来，阻挡着汹涌到来的巨大悲声。医生说，你别怕，乳腺癌是癌症中治愈率较高的一种。徐小曼哭挣道，怎么治愈嘛，总归还是要切我的乳房？医生说，生命总是第一位的。这一句她听明白了，捂脸的指缝间终于流出一段明亮的小号，李沫将她揽过来，她索性哭开了，我是一个演员，我还要上舞台呀——她突然想到了什么，她不哭了，她要给医生看照片——她的手在手机屏幕上飞快地划动着，越剧舞台上的旦角扮相，天南海北的旅行照，最多的还是成系列的旗袍写真：海派民国风，旧时光里的优雅，一场浪漫与唯美的邂逅，无外乎亭台楼阁里拿着团扇的东张西望。对李沫来说，那是她的小世界，他从来不参与，但其中有一张她穿着比基尼在海边踏浪的照片，李沫格外陌生，而且她明明不会游泳。

手术前夜，赵博士跟徐小曼有过一次谈话。他表示尊重每一个病人的社会角色，你是一个演员，我们的方案是尽一切可能保乳，但你的情况有点特殊，手术中随时会出现不能保乳的情况。如果你不能接受假体，我们也可以保留乳头乳晕，以后用你身上的人体组织植入。徐小曼明白，这轻巧的几句话里包含了多少次手术，九死一生嘛。

她无语，失神一般地靠在床上。

赵博士走后，护士来核对信息，量体温、血压，整理她之前的所有的检查单，并正式通知她明天上午手术和要注意的相关事项。徐小曼一概不作应答，她抵抗大法就是蒙头大睡，把整个世界都拒绝在外，她不想见任何人，不想再听这个世界的絮絮叨叨，即使是李沫，她都有深深的敌意。她只想把自己裹起来，一动不动，就让她如此这般地死去好了。

又到了医院的关门时间。李沫跟她说，我明天一早再过来。无论他说什么，都得不到丝毫的回应。随后，进来一位年轻的男医生，他像随便打开一只包裹似的，揭开徐小曼身上的被子，一边悬着他手里的一支木匠才会使用的记号笔，左边还是右边？这是明知故问，也是临床程序。李沫替她回答道，左边。只见徐小曼脸色苍白地侧卧在那里，泪水浸湿了她的枕头。李沫不胜惊恐地发现，这个人完了，她已经被击溃，她空洞地望着墙，一副香消玉殒的濒死模样，只有她颀长多皱的颈部（年轻时她有多么迷人啊）还看得出抽泣时的微颤。医生翻开她的病服领子，李沫忙过去解开它的纽扣，这位年轻的医生在她的左乳上画了一个十字，或者是叉。这般凄楚的场景，李沫实在看不下去，他从病区大楼奔跑出来，任凭泪水模糊他的双眼。

此时，赵博士怕是已经掀开了徐小曼的乳房，就像他曾经无数次掀开过的或丰腴或干瘪的乳房一样，开始着手切除肿块和部分腺体，随手扔到手术台下面的塑料桶里去，最后作为医疗垃圾处理掉。可以想象，这个动作对他来说是多么地娴熟，就像扔掉一块脏抹布一样。

遭受这样的生命重创，对李沫来说是始料不及的。他和徐小曼都喜欢旅行和运动，身体感觉一向很好。当然他们也谈论过生死。李沫不想活太久，他为自己设计好的人生终局，找一块看得顺眼的地方，纵身一跃，就此别过。李沫不敢去想，如果徐小曼真的没有挺过那个五年生存期，他怎么办？徐小曼好模好样，他李沫怎么胡来都不为过，徐小曼一旦有什么，他也会跟着死一回。他把生命际遇中有过云雨之欢的女人在脑子里都过了一遍。以后他就养一只猫吧。徐小曼对小动物膈应，一直不让他养，她曾经开玩笑似的对他说，等我死了，你就养一只斯芬克斯猫，光溜溜的，没有毛，反正那时候也没人给你擦地。

窗外的建筑垃圾已经搬空，地上是一个巨大的白，就像那幢建筑从来没有存在过一样。在这片空白里，李沫仿佛看到一只空悬而旋转的巨乳。那张照片他都没敢给她看，他觉得徐小曼看了这个可能连掐死他的心都有。现在他把它从手机里找到，然后删除。

睡在树上的鱼

进门的玄关柜上，有两张话剧票，收在一个精致的封套里。

看戏的人改了主意，这会儿正在苏州皮市街上喝潘玉麟的糖粥。我想约下小娴，此念一出，马上否决了，我们这个年纪，任何出头露面的事情都是愚蠢的——看戏这种事，太太永远是最合适的人选。在我的生命际遇中，女人的出场次序换一下，那将是另外一番景象——初见小娴，我不无遗憾地作此想。我无力打乱命运的这副牌。小娴告诉我，她在杭州进货。平时我们联络无多，我们有自己的方式。

送票是一件麻烦事。我想到了桃靥，这倒不是因为她对话剧有什么爱好，而是她古道热肠、不由分说地帮过我许多额外的忙。桃靥在电话里夸张地表示了她的遗憾，她说她正在朋友去上海的车上。她还在跟我牛皮哄哄，我已经没有兴趣了。

当晚，我和朋友在一家常去的湖畔酒吧。在那里我接到一个陌生女孩的电话。电话很不清晰，我隐约知道她在跟我说票子的事。我一边喝酒，一边判断是不是那个桃靥替我做了空头人情，这也是她的一贯风格。我跟对方解释这里非常嘈杂听不清楚，事实也确实如此，旁边有一支电声小乐队在摇摆不停。

后来觉得有些怠慢，遂走到湖边的僻静处回她的电话。我以为接电话的就是本人，她却喊了一声妈妈（我有些吃惊），她妈似乎要跨过许多障碍——一些可以想见的脸盆、凳子之类——才拿到女儿递给她的手机。这让我后悔打这个电话。让我惊诧的是，对方的声音完全不像出自一个母亲，而是年轻女孩才有的清纯娇脆——她和刚才来电话的是同一个人吗？她反复提到桃靥，一再为刚才的打扰表示歉意。我说你的声音好迷人啊。她笑了，她的笑声里似乎暴露了一点点成熟女人的烟嗓味道。

这个电话令我陷入了记忆的泥沼。她让我想起一个人来。这么多年过去，我已记不清楚她的长相，她的容貌已然被我无数次重叠而虚幻的回忆给毁掉了，而她任性的银铃般的美妙声音一直萦绕在我的耳畔，那是和她消沉的容貌完全分离的，好像那声音来自别处，又像是藏匿在她身体里的洛丽塔。

我十七岁那年夏天，台风肆虐，在城南有个父亲单位名下的临时处所，住户都是一些老年人。我楼上倒是住着一对年轻夫妻，她家似乎还有一个与我年纪相仿的小亲戚，房子隔音极差，我听得见她童音般的吟唱。可我从未见过她。吵人的是他们的婴儿，哭起来像个玩具鸭似的，不过他也打搅不到我，我不太在那里过夜。父母对我的学业从不抱希望，料事如神地替我早早报了各种美术班。我的一些旧作和空白画框没舍得扔掉，搁在封闭的阳台间里。画架倒是一直立在那里的，我每次看到自己一直懒得收拾的僵硬的画笔和颜料，一点也提不起兴致来。

那天阳台间漏水，画框上都是水渍。我跑到楼上去，本想大张挞伐，结果站在人家门前屏住呼吸，轻叩了三声。门开了，堵在我眼前的是一个长水泡眼的男主人。我见过他，他是一个甲亢患者，暴凸着眼球看着我。我说你家漏水漏到我下面来了。他转了一下眼球，说这楼年久失修，又是台风天，是要漏一点水的。我说阳台不是都封好的吗？他的眼球往别处转了一圈，再回来看我，才极不情愿地让我进去。

他是一个资深水族爱好者,家里玻璃缸巨多,沙发边上有一个,对面的电视柜也是——他告诉我因为鱼缸的潮气关系,电视机老早坏掉了,好在她也不看电视——他无意间提到了他的妻子。沙发边上是人工景观,弄得高山流水仙雾缭绕的,我说哇,效果很逼真啊,你是不是懂点风水?他的暴凸的眼球像电灯泡那样闪烁,对我的友好度大增。他转而向我介绍他养的那些鱼。当他趴在鱼缸上的时候,嘴里发出一些细碎的声音,一条大鱼向他游过来,他的手及时插入水中与它会合。我看他抚摸鱼身时,神情如此专注,一扫适才的焦躁,显得平静而安详,让我都有点不忍打扰他。

我再次提到漏水,他才哦的一声,缓慢地回过神来。

问题还是出在阳台间,在一个摆有大鱼缸的角落里,地板都是湿的,踩一下,会冒出水泡来。他还在装惊讶,但他在渗水处摆的一块抹布出卖了他。他跟我说他会处理好,我很怀疑,也没办法。那只鱼缸超级大,水已经漏了大半,里面只有一条眼睛烂掉长了白毛的鱼,在那里苟延残喘,真是恶心到我了。

就在我离开时,他年轻的妻子正好从卫生间的浴缸里跷着腿出来，只见那淌着水珠的纤茸处，形如妖娆的黑色火焰。她将一条事先摆放在门边的浴巾裹在身上，身上水漉漉的，一绺湿发黏在她美丽的脸颊上，我的目光滞留在她的有点淡巧克力黑的乳沟，她的乳房好大，似乎要从浴巾里扑棱出来，它并没有哺乳期女人的那种松弛感，它丰沃、饱满而紧凑。我已经把自己想象成一只振翅的小昆虫停在上面。我们有那么一刻短暂的对视，也许只有几秒，却一直在我漫长的回味中重现。当时她丈夫还在阳台上照料他的鱼。她冲我微微咧了一下嘴角，那是何等迷离的笑，直教人神魂颠倒。当年我少不更事，完全意迷神离，沉湎于那令我微醺的混合着沐浴露与女人体香的热气腾腾的雾气里。好像她不属于这个空间，她是七仙女下凡，她没有回避，逃走的是我，跟跟跄跄地回到自己的房间。世界还是老样，一切都已改变。

那段时间我犹如困兽，有强烈的想画点什么的冲动，其实什么也干不了。那里有一张小床，我以前很少在那里过夜。现在，台风敲打着我的窗，吹着长长的哨，我蜷缩在小床上，听她洗澡的水声，仿佛身处一艘沉沦中的轮船。我猜她光脚踩在地板上，是那种肉沉沉的声音，想象她玲珑的美足，想她什么也没穿,全身光滑的状态在家中裸身行走,一如某影片中的女主角,在恰好保持了贞操角度的镜头的同步跟拍下,一丝不挂地在随风扬起的窗帘后时隐时现,然后在穿衣镜前奇异而羞耻地打量自己——我的脑海一直在闪烁她的绰约丰姿,还有幻觉中的混乱不洁的床单与躯体间的无尽缠绵,这些都令我兴奋,我在心里一次次地叫喊着,那稍纵即逝的快感瞬时击穿我的中枢神经,直至身体完全坍塌,旋转着,跌入无底的深渊去。

每天上午,楼上集体处于休眠,连玩具小鸭的声音也很难得。至中午十二点以后,楼上的声音才开始复苏,事无巨细地传到我的耳朵里来。他们经常吵架,吵架的内容大抵与他的鱼有关,比如他要占用浴缸来腾鱼,而女主人又懒得去动泡在那里的衣服,诸如此类。那个小亲戚的歌声比较多地出现在甲亢患者出门之后。我本来还在想孩子这么小,也不雇个阿姨,阿姨好像是有的,来来去去,像个隐身人一样,小个,极瘦,后来又听说是她的母亲。这个母亲终日长吁短叹,美娣呀、美娣呀地抱怨她的女儿。我不知道是哪两个字。我叫她美狄亚,古希腊悲剧里一个美丽、高贵,令那个英雄时代的男人们沉醉的女巫。

我每天穷极无聊,想画点什么,又闲愁萦怀,长时间地坐在窗前，任细密的情绪慢慢涌上来。窗玻璃上布满了雨珠，外面有一条红色的三角内裤像断了线的纸鹞在风中飘扬，飘落在一户人家的瓦顶上，雨还在下，把它贴在那里，随时又要飘走的样子，风企图要掀起它的一角，惹我痴想。在那个阴晦的下午，我上楼去，又下楼来，只想在经过她家的时候，她正好出来。这个小概率的事情一次也没有发生。

第二天风雨消停。我在整理房间，门开着，我拿着畚箕出去，见美狄亚买了瓶酱油回来，她穿着毛边的牛仔短裤，趿着拖鞋，拖沓地上楼来。我有点慌乱，心里又怪她这样的不修边幅，吊儿郎当——虽然怎么穿都难掩她的美，包括乜我一眼后回过头去的笑颜。我倒了垃圾上来，发现她竟在我的房间里，捏着那瓶酱油，正细细看着我画架上的半成品。美狄亚说，这是你画的吗？我目不转睛地盯着她，我太吃惊了，这是她的声音吗？我一直以为她还有个小亲戚，小亲戚好像就躲在她的身体里，跟我演双簧戏一样。见我无应答，她扭过头来，你咋了？我整个人还是木的。真的是你在说话吗？每天唱歌的也是你吗？她说是呀，怎么啦？

美狄亚比我大不了几岁，穿了件薄荷绿的T恤，因为有点旧，绿的感觉有点脏，上面还有一个不规则的小烂洞,淡巧克力色的乳房这时却衬出细腻的白来——这件原本紧身的旧T恤被她穿得松松垮垮,倒显得格外地性感。我为她泡了一杯咖啡,很甜的那种。那把老旧的电脑椅,让她屁股一落,叽咕地响。她提起一只脚来,紧贴牛仔短裤的毛边,踩在椅子上,那只塑料拖鞋在她的脚趾上不停地摇晃,让我担心它随时要掉下来,于我充满了强烈的撩拨意味。我斗着胆说,外面那条红色三角内裤是不是你的?她说是呀,你帮我去捡呀。说这话的时候,她扬着脑袋,表情极奇怪,完全看穿了一个少年的虚狂。我说好啊,声音明显是掉下去的。她扑哧一声,背过身把自己的笑声捂在手心里。等了会儿,她说又起风了。我猜她也在看那条红色的三角内裤在瓦顶上招摇。那个画面一直在我的脑海里,我以为很美。我一直在想象成年男子该有的样子,手插裤兜在她身后走来走去,偷偷闻她长发的清香。她的头发有些单薄,还带点儿亚麻色,我把它束在自己的手心里,我明确感觉到我的手指划过她的后颈,是丝滑而冰凉的感觉。她竟战栗了一下。把你的手放开。我放开。她站起来说,我走了。待会儿她又来了,立在门外,不越池半步的样子:我的酱油呢?

那天夜里,楼道上传来熟悉的脚步声,我知道是甲亢患者值夜班回来了。他回来的第一件事,先要巡视一遍他的那些鱼(我能够听到荡漾的水声和他移动这些玻璃缸时一点都不节制的动静),他照料完了,还要喝点小酒,每天稀稀溜溜的声音,对我真的很残忍。那天他没有喝酒,他们吵了一架。

事情的原委大致是这样的:婴儿哭个没完,美狄亚有点烦,她索性起来打游戏,她把孩子撂在电脑边的沙发上,自己开玩。小孩慢慢在沙发上睡着了。打完游戏,她把孩子忘在脑后,自己回床睡了——小孩从沙发滚落到地上,哇哇大哭,都没能吵醒她。本来中午的时候死了一条鱼,甲亢患者一直骂骂咧咧的,但没有发作。这天夜里他进了家门,看到小孩像玩具那样被丢在地上,便彻底发作,怒不可遏地把美狄亚从床上揪起来——她当然也很吃惊,坦承自己对游戏的投入,她说她太困了,根本想不起来——我自己还是一个孩子呢!这句话令她崩溃,所有的宿怨都在这一刻爆发。此时她丈夫好像从哪里操来一样家伙,嚷嚷要杀死他的妻子。我不晓得如何是好,想着是不是要冲上去劝架。我已经穿好了鞋子。我听到美狄亚说,你最好想清楚,在你杀我之前,我会把这个孩子从阳台上扔下去!她接着又来了一句,这个念头我一天也没有停止过!

此时，我已经像贼一样站在楼道口的一片黑暗里。

朋友来电话，约我晚上吃日本料理。他请的不是我，我只是陪客。那个桃靥发来一连串的微信语音，她神经大条，自信满满，昨晚上那个电话果然跟她有关系，她并不觉得由一个陌生人直接来跟我要票会有什么问题。如果我还因此有些不愉快，实在是我的问题——不就是两张票吗？这时候我发现语音的妙处，各种娇嗔薄怒跃然眼前，如果我再不把票子乖乖地给人家送去，那就是我的罪不可赦。

下午的时候，突然想去理个发，顺便可以等那个女的来取票（是不是她呢），好在那家日料店也在附近，什么也不耽误。理发店在一个背街的地方，我停好车，想给桃靥发个微信位置，手机地图上居然没有，我只好把对面的橡皮书店发给了桃靥。我跟她说，我等会儿去书店对面理发，让那女的去那儿拿票。桃靥说，剃什么头呀，你想多了吧，你用不着这么隆重——她笑道，你一定被她的声音迷惑了。

这种背街小店正合我意，随便往旮旯里一坐，拿本杂志看个情杀案啥的。关键是理发师摸惯了你的头，不用啰唆。他说你来啦，我说来了。店里还等着几个年轻人，我心里有点打鼓，这里平时都是挺空的。那就等吧。

手机又响，桃靥发来对方的微信名片：睡在树上的鱼。鱼为什么要睡在树上，它听起来像一个梦境。不过我没有随便加人的习惯。那时候还没有微信，美狄亚一直在用很烂的黑莓，掐上面的小键时一副小心翼翼的样子。再说桃靥的几个闺密我也是有数的，睡在树上的鱼倒是没有听说过。桃靥说是她的一个远房亲戚。远房亲戚是这个世界上最没有信息量的词汇。

我有点拿不定主意，如果这样等下去的话，我倒是可以先到对面的橡皮书店去喝一杯，现在的书店都是咖啡馆的情调。我跟书店老板也熟。透过对面的落地窗，我看到一个窈窕女子正在书架边浏览，窗前的吊兰不偏不倚正好遮住了她的脸。

这边有人剃好了，砰地立起，冲镜子里面的自己，明察秋毫。理发师朝椅子猛摔了几下围兜，他说轮到你了。我好生奇怪，原来等的那几人只是陪那个朋友理发而已，他们一哄而散。在他们身上仿佛看到我年轻时候的样子。

从镜子里可以看到外面的景致，但有一个盲区，如果她立在那里，我是看不到的。也不晓得是不是她，她来了，我又如何面对。我出门时挑了一副挡脸的大墨镜，到这里让理发师缴了械。这一步我没有想到。我忍不住一次次地想象她款款进来,偏头打量我这个镜中人的情景。理发师说,你不要动。

她没有来。在我理发的时候,裤袋里的手机就在不停地叮当响,桃靥又来怪我不加人家的微信。我说那个人什么时候来取票?桃靥这才哎哟一声,我再催催。

当然,我也可以打过去,但还是保持与桃靥单线联系的方式比较合适。可怜我,弄得我像身负神秘使命的特工一样,站在理发店门口察言观色。我复又进去,把内有两张话剧票的封套交到理发师的手里。我指着外面,说等会儿有一个女人来,你把这个交给她。理发师死活不肯接,他说万万不可,我这里耽误不起。店里人又都看着我,我只好暂时放弃这个念头。

坏消息接二连三,父亲告诉我,那个房子他单位要还回去了。他在说一件稀松平常的事,于我却是猝不及防。他们并不晓得这些天在儿子身上发生了什么。我一直在跟他们撒谎,说在那里画画和复习功课。母亲深情地回忆起寄放在此的外婆留给她的梳妆台,那天她来,看到我那张劣迹斑斑的小床,倒没有说有害健康啥的,她说你弄块毛巾行不行?拿块毛巾累死你了啊。她从来没有冲我这么吼过。

我想她真是舍不得那个床单啊。我的脖子僵硬地挺在那里，倚在窗边，看着一根光溜溜的树杈发呆。

那几天，我和父亲一直在那里整理东西，我心里很乱。卖旧书报那天，我在楼下站了很久，等父亲去找来收破烂的人。他一直没有来。我以为我会看到美狄亚的身影，没有，周遭异常地安静。她的阳台上，还搁着那盆半死不活的海棠。依她深居简出的生活习惯，可能并不晓得楼下已经搬空，我将离开这里。当然对她来说不要紧，要紧的是我。我为难再三，上楼去找她。我知道甲亢患者不在，刚才他出门的时候脸色很难看，醉醺醺的。隔了很久她才来开门，她刚从被窝出来，炸着头发，临时披了一件丈夫的外套，楼道敞开的窗户里肆意旋转的风已有些凉意，俨然已是秋天了。

你家又漏水了是吗？她说。

没有。我不敢看她，目光移向别处。

你真是一个诚实的孩子。她禁不住要笑起来，我知道你在想什么。

我说，你不知道的。

好吧。她说，滚你娘的蛋！

她要将门关上，我一脚插了进去，她使着劲儿，生生弄疼了我。僵持了会儿，她突然放弃了。她说，你要做什么？

我也很纳闷,我是来跟她告别的,我为什么要进来。进来只是她要关门的连锁反应,这只能怪她。这个屋子充塞着尚未从酣眠中完全醒来的那种潮湿、暧昧、温暖而混杂的气息,像是舞台大幕拉开之前又一切就绪的非凡时刻。阳光在窗帘的缝隙里闪耀,在地板上画下刀锋般的线条。随着眼睛的逐渐适应,形态各异的家具们从黑暗中次第浮现它的样子。你要做什么?你到底要做什么?她一直在问我。你喜欢我,你要跟我做是不是?你说呀!她这样把自己调动起来,脸涨得通红,浑身燥热的样子,裹在她身上的那件外套适时滑落,她仅剩粉色的吊带睡裙,因为乳房的支棱而显得空空荡荡,我吃惊地盯着她,她抓了我的一只手去,你过来呀。房间在旋转,摇篮里的孩子啼声大作,而我做了她的俘虏。她牵着我的手,你来呀,你过来啊,她领我来到她的床榻前,我看着凌乱的被子,心里有些发慌。你可以了吗?她不停地问我,她也在问自己,这样恣意羞辱一个纸样清白的少年让她特别来劲,她放纵了自己,得到内心的应许,她的食指开始出发,轻巧地沿着锁骨和肩胛去勾除吊带,我顿时方寸大乱,像个委屈的孩子,泪水滂沱地慢慢蹲下来,嗷嗷地号叫着。我的怨妇般的无尽的哭泣在她那里狗屁不值。她突然抱住我的脑袋,深埋在她的双乳间,弄得我透不过气来，它让我想起童年时的一次溺水经历，恍惚中感受到她起伏的胸腔，还有潮汐般的回响，她哭了，她居然哭了，哭得那么伤心，我不太明白她为什么要哭。这个时候，我听到了父亲的叫喊，他找不到我，围着那幢老楼在跑，一边跑一边叫喊我的名字。他快要疯了。

我等得无聊，回车上抽了根烟，又跟小娴微信聊了两句。我跟她提到晚上的饭局，就是我们上次去过的深海传奇——我不禁想起那日在小包间里的狎昵之欢，还有几天后在她小店的一大堆衣服里做爱。那时我们刚认识不久。小娴告诉我，你的左脚袜子上有一个洞，不会又穿上了吧。女人就是女人，她们的感知世界不是我们能够想象的。她给我买过一打新袜，不过我穿来穿去还是那几双。我看了一下，果然还是，又穿回来了。她说去那家日料店是要脱鞋的，去超市买双袜子吧，否则有点不好看。好吧。

就这样，我鬼使神差地出现在附近的一家超市。袜子仅有限的几种，且花色奔放。我勉为其难地挑选了一双。轮到我结账的时候，收银员接了一个电话，她把"暂停收银"的三角条在我面前一放，撅着屁股走了。进退无措时，我听到隔壁收银通道里传来久违的声音，我把墨镜往上一推，缓缓侧过脸去，没错，她就是美狄亚——就那天老地荒的一眼，她便刹那老去。一切都回来了，记忆如打散的拼图正在迅速复原。这张被时间涂改的脸庞，对我有些残忍。后来我退至一排调味品架子后面，给那个取票人打电话，没有意外，美狄亚那边喂了一声，我立马挂掉了。我以为自己没有问题，但好像不是。我在超市里瞎逛了几圈，观察了三种牛排的不同肌理，安顿好自己，然后又拎着那双袜子重新去排队，只开了一个收银通道。我戴着大墨镜，这么多年想必我变化也挺大的，她应该认不出我来——她对我的观察，想必也只是一个收银员事不关己的漠然一瞥而已。我还是怕她认出我来，她重新打量我的神情开始有些异样——我读到一种摇摆不定的警觉。我付完钱，迅速离开了那里。正是晚高峰时间，道路拥堵，归途中的人们走在每一条可能的夹缝里。我经过一家报刊亭后面时停了下来，为自己点了支烟。

那年，我没有考上美院，混了一张师范文凭，在偏远的海岛中学任教，那是一段格外苦闷混不到头的日子，在那个暑假行将结束的一天夜里，我喝得有点多，一想到明天就要回小岛上去，心里说不出地郁闷。从酒馆出来的那一刻,我决定去看看美狄亚。她应该还没有睡,那个甲亢患者回来应该是两个钟头以后的事。

半个小时以后,我就看见了她家阳台上那盆千年不死的海棠,和永远拉不拢的窗帘里流出的一道隐约的光线。我在楼下抽了一支烟,那已然幻灭的情愫又在心里激烈地荡漾起来。已是子夜时分,我不知道这时候去敲门,她会不会开,谁会在这样的时刻信任一个不在预期的敲门声。一路上我还在考虑是否从楼道窗外面跳过去,阳台与楼道窗近在咫尺,以前遗失钥匙时跳过一回,我现在毫无把握。我摔下去,明早又是一条惊世骇俗的新闻。楼道窗早就失去了它的翅膀,空洞无比,把我突兀地映衬在那里,在外面一个夜归者的持久观察里,成为一个可疑的黑影。

我犹豫再三,叩响了她的房门,试着轻唤了一声美狄亚,我听到她在里面嘟囔了一声。她来开了门,转身又回去了,她竟没有任何的设防,快意恩仇的传奇江湖正在召唤着她。我从后面一把揽住了她,她说了句别闹,你又喝酒了,你不喝酒从来不会想起我来。我说是的。她听到我的声音不对,接着又好像从我的手指关节上发现了什么端倪——后来我领会过来,某男子可能戴有戒指。这枚戒指的

睡在树上的鱼

缺失，使她剧烈地挣扎起来，她也不喊，呼哧呼哧地跟我拼着劲儿。我曾设想过我们见面的多种方式，我以为我会表现得非常绅士，完全不是现在这个样子。她若刚才来开门时抬头看我一眼，事不至此，这只能怪她，怪她当年恣意撕剥一个少年的羞涩，那团小小的仇恨火苗一直炙灼着我。我把她抱得死死的，这曼妙之身仿佛本来就是我身体的一部分，正好镶嵌进去，严丝合缝。她几次想反挺过来，没有成功，她的下颚叩在我的臂弯里，手正好从那里抄过去，握住她温热柔美的左乳。她完全使不上劲，还把自己的一只鞋子蹬掉了。我的整张脸都捂在她的颈窝里，寻找着她的耳垂，吮吸着，用我的门牙轻轻咬了一口，她啊的一声叫起来。我感觉有些不对——实际上我对她的身体完全陌生，我的正在行进中的手指没有任何的触觉记忆，我咬到了一只耳环——它迅速成为我脑海里孤立凸现的一个单词，耳环？她有吗？这似乎印证了我一路来的担心，几年时间过去，她是否还住在这里，我怀中的那个女人是否就是美狄亚——我开始想等会儿如何从这个房间迅速地消失。她明显感觉到了我的迟疑和松懈，我听到她在说：原来是你。她好像碰到了我身上的某个熟知的开关，它会是什么呢，是我手臂上的疤痕，还是那枚天生弯曲得不能完全伸展的无名指。她一说是你，好像点了我的穴，破了我所有的法术。她从我的身体里分离出去，提上被我扒拉了一半的内裤，坐在沙发上看着我。

后来，在那把坑坑洼洼的沙发上，美狄亚像一个秘密交易者那样，跟我小声说着已经离开的丈夫和正在床上酣睡的孩子。她说一切都糟糕透了，孩子从三岁开始，就喜欢从玻璃缸里捞鱼，然后把它弄瞎，再丢到玻璃缸里去——连幼儿园水池里的鱼也未能幸免。那段时间什么都不对了，鱼缸里的鱼全都翻了白肚，所有的水草都烂掉了，整个屋子发出不可名状的臭味，我觉得自己也快死了。我们就这样聊着，一边抚摸着彼此的身体，就像我日常聊天时，有抚摸沙发扶手或杯子的习惯。美狄亚很敏感，谈话很快难以为继，她扑上来，要吃掉我的样子，但是我的身体并没有跟上来，我好像兴趣全无，我为什么要到这里来，为何而来，这是一个错误。这个时候，我看到了一双明亮的眸子，一个小孩站在黑暗中看着我，看着我已经被剥离得差不多的丑陋的肉体。或许她一直这样奇怪地看着我们，我们没有发现而已。她的手里还捏着一条小刀似的湿嗒嗒的小鱼。

美狄亚问我怎么了，我说没事了，炉子已经熄掉了。

橡皮书店，我为那位等候已久的年轻人点了杯摩卡。我坐在与她呈四十五度斜角的一张小桌旁，余光感受到她的惊鸿一瞥。她向我走来，她的清脆足音仿佛每一记都深扎在我的心里，那是一把尖锐、性感、致命的匕首。

令我吃惊的是，美狄亚的女儿出落得如此标致，不对，她就是美狄亚，正是我们初见时的年纪。仿佛时光倒转，我还是此间少年，年届不惑的我，心里竟慌乱得不太像话。她皮肤没随她的母亲，白纸若曦，又完全是渣女风的穿搭，那些破衣裳穿在她身上，尤为性感。她在我对面坐下，我似乎无法坦然面对她的目光，虽然她不会想起我是谁，更不会想起很多年前那不堪的一幕。当时她才五岁，手里捏着一条湿嗒嗒的小鱼。

你好，谢谢你的咖啡。她抿了一口，嘴上出现一条细碎的泡沫。好喝。她在打量我，似乎在揣摩，我是不是她要等的那个人。我的无动于衷，让她很快打消了对我的猜度。但是平白无故的一杯咖啡，显然缺乏理由，所以我说刚才在对面剃头，见你站了半天。她朝窗外望了一眼，然后回过头来说，我在等一个人。

我的目光不经意地从她的一字锁骨和劣质文胸

包裹下的雪色乳沟上扫过，去打量刚刚出去的一个人的背影。我再回过来看她的脸。我有些冒险，我说，我昨晚做了一个梦，梦见一个小女孩，她的手里捏着一条湿嗒嗒的小鱼。她极为惊讶，盯着我看了半天，我的脸实在平淡无奇。她说奇怪，我也经常做类似的梦，梦见自己在鱼缸里游来游去，有时候半夜醒来，感觉自己的手心都是湿的。

这时候，她接了一个电话。她后来告诉我，她在等两张话剧票，如果那个人再不来的话，时间也不对了。我说没事，话剧票是明天晚上的。她的小脸庞顿时冲我大放异彩，但还是有点不敢相信，花朵开到一半就要凋谢的意思，僵在那里，等待我的答案。我笑了，话剧票在我车上，跟我过去拿吧。

美人在侧，男人很容易忘掉自己的年龄，然而那个糟糕的提醒总会在不经意间来到。就像现在这样，我们在车上坐了半天，然后我对她说，现在你可以走了。她一直狐疑地看着我，目光里充满了猜忌，为什么你的梦会和我重叠？我说姑娘，这个世界上所有的梦都是相似的。她说不对，你早就知道我是不是？我摇头道，我们刚刚才见上面是吧？她迷茫地看着我，而我望着前面不远处的深海传奇，门口霓虹灯描绘的一条大鱼，在苍茫暮色中不停地来回穿梭。

断指

我是马林,县医院职工食堂的面点师。

虽然薪水无多,好在清闲,我有事没事就倚在后厨门边,看隔壁洗衣房的女工们在对面草坡上忙碌,连成一片的白色被单和白大褂在午后的风中漫舞,送来阵阵皂香。

江月娥远远地看着我,她不叫我马林,偏偏要弃简从繁地叫我马铃薯,好吧,马铃薯就马铃薯,它跟土豆、洋芋、山药蛋不一样,这是学名,闪烁着科学的光芒。她叫我马铃薯,大家也跟着这么叫。我听得出来,江月娥爱吃土豆。其实,南方人并不懂土豆,好在土豆这东西并不深奥。那天我给江月娥炒了一盘酸辣土豆丝,她就懂了。改天我又给她做了凉拌土豆丝,她又懂了。她的惊艳表情令我受用至今。我告诉她，在我的家乡盛产土豆，土豆有十几种做法。我不知道，我这样说，江月娥是否因此懂了我的心思。

我对江月娥说，你过来呀。

她手里拿着一叠洗净的被单，早晨的阳光照在她的脸上，照在她的胸脯上，照在她拿着的那叠洗净的被单上。江月娥说，我不过来，我要到病房送被单去呢！

我说，我有事跟你说。

江月娥扭扭捏捏地不肯过来，什么事啊？

我说你过来，我真有事跟你说。

江月娥探望了一下洗衣房内的动静，像一只猫那样跋了过来。

什么呀，马铃薯？

我说，人家都说你看上了外科的梁医生。

江月娥立即像兔子一般跑远了。

我家在北方农村，老爹是电工，一到农忙季节就见不到他的人影，有一次他差点死在电线杆上，他在上面不小心触电了，是他的徒弟把他背下来救活的。他一直想把他的电工技艺传给我，我说我根本背不动你，如果我是你的徒弟，你就死定了。

我有我的梦想，我一直盘算着，想去开一家面食店，如果老板娘是江月娥的话，那简直他娘的太美了。所以，退而求其次，我也蛮喜欢这里，阳光、草坡、快活的洗衣妇。大家都是临时工，她们都是从附近农村来的。感觉上，我倒像一个纨绔子弟，看一大帮佣人愉快地劳动，我不给她们添乱，不时地递上几句笑话逗她们乐乐。如果我愿意，偶尔也会替她们把一条条洗净的被单折叠好。

现在，我倚着墙边抽烟，看着女工们如何忙碌地在一根根由旧木桩相连的绞绳上展开她们手中的被单，被单在风中鼓起，承接着阳光和风，像拍肥皂广告似的。此时我的心里总是充满婴儿般的宁静、温馨和遐想。有时候我会躺在草坡上，像昆虫那样长时间地观察白色的被单下面那双颀长、结实的小腿。

这样的小腿肯定长在好姑娘江月娥的身上。

江月娥是洗衣房里唯一的年轻女性，她那健康的体魄、黝黑的肤色，还有开朗的性格、简单的思想，还有她动不动卷起袖口的勤劳模样，这些都让我想入非非。

这时候，江月娥到外科去送被单去了。凡有外科的东西，她总是急猴猴地送去，她就这样傻乎乎地爱上了外科那个有着一双迟钝目光的梁医生。

洗衣工们纷纷传说着这件事，她们在这件事情上的立场总是显得非常地可疑。一方面她们对江月娥旁敲侧击，暗示像她这样身份低贱的农村姑娘，为一个外科医生动心思有点匪夷所思，一方面又觉得像我这样的外地人要娶江月娥，基本上属于癞蛤蟆想吃天鹅肉。她们说起来言辞恳切，可怜巴巴地看着我，你呀你呀，马铃薯。

医院外面有一条肮脏的河流。在县医院初创时期，女工们就是在这里洗干净每一条被单的。后来她们用上了自来水、大型洗衣机和烘干机。烘干机超负荷运转，所以天气好的时候，她们还是喜欢拿出去晾晒，沿袭她们多年的生活习惯。

她们除了偶尔怀念当年一次次把被单抛向河面的舒畅感，差不多把窗户外面的这条河给忘了。现在河面上长满了各式各样的水草，如果扔一块石头下去，通常看不到飞溅的水花，凝滞的水面就像咽下一样东西，随后的水声，顶多像打了一记饱嗝。

那天，河对岸出现许多警车，警察请来一群民工，民工们从一辆大卡车上卸下许多沙袋，很快就把河的两端给堵死了，他们开始清理浮在河面的水草。接着又来了四辆红色的消防车，准备把河水吸干，一根根粗壮的橡皮水管像蟒蛇一样游到了水里，沉寂多年的河面出现了漩涡。我有点兴奋，警察把手指向哪里，我的目光就追随到哪里。从对岸围观者的高声议论里，我大致弄清楚了这桩碎尸案的来龙去脉。

下午三点，河对岸依然聚集着不少人。我有点遗憾地对上午没来上班的江月娥说，那条腐烂的大腿你没有看到，已经被他们拿走了。我像描述一碗肉汤一样向她描述了我目击的情景，江月娥紧捂自己的耳朵说，我不要听，不要听！她佯装惊惧的叫声是令人鼓舞的，我描绘得更加有声有色。江月娥嘟哝说，我要做噩梦的，马铃薯。

天色向晚，消防车还在不停地往河里抽水。因为最近这座城市正闹着水荒，不少过路人以为正在为城市供水大伤脑筋的市政府要从这河水里做文章。他们说，这么脏的水怎么吃啊？有人说怎么不能吃，还是人肉汤呢！围观的人统统笑起来。

河水马上就要被抽干了，几个警察迫不及待地跳到河里去了，泥浆四溅。一位围观者说，他们在寻找一只右手，左手已经找到了，现在还差一只右手。

江月娥想了想对我说，万一捞上来又是一只左手呢？

老爹催我回家相亲，老爹说，钱我都替你备好了。我支吾了半天，总算把电话搁下了。这个时候，我就想见到江月娥，她是我的定心丸。洗衣房里不见她的身影，整个下午我都没怎么见她，见不到她，我的心里就发慌,这跟饿的感觉有点类似。我到厨房里拿了一只馒头,我一边嚼着馒头,一边到处闲逛。

几天前,江月娥的一个同村的年轻人在工厂里受了伤,因为江月娥的这层关系,这个年轻人在医院得到了很好的照应。医院无疑是这座县城的制高点,乡亲们打一个喷嚏就会想到他们的江月娥。江月娥是以前在这里住院的时候,喜欢上这个地方的。她喜欢闻着病房里那股淡淡的来苏味,欣赏端着药盘走路的护士和脖子上挂着听诊器的医生,要知道,那些通常只在帽边和口罩之间露出两只眼睛的人是很难打交道的,但江月娥却非常难得地在他们中间结下了极好的人缘。那天,随农用车一块来的乡亲们,一边把担架扛进急诊室,一边派人风风火火地直奔洗衣房,去找他们的好姑娘江月娥。他们就是这样理解这个世界的。

我逛到医院门口的小卖部,我碰到了外科大夫梁医生。他刚做完手术,他做完手术,就会到小卖部来吃他的上海蛋卷,他简直就是上海蛋卷爱好者。梁医生的前额长得像恐龙蛋,皮肤白皙,目光迟钝,潮湿的鼻梁上架着一副金丝眼镜。此刻,他一个人靠在墙角,正在津津有味地吃着上海蛋卷,他吃上海蛋卷的时候,完全是一副过于专注的神情。我都听得到上海蛋卷在他牙齿里一点点塌陷的声音。

这时,一个托着瓷盘的护士小姐走过来跟他揶揄道,刚才江月娥来找过你。

梁医生说,江月娥是谁?

护士小姐掩笑道,梁医生你别跟我装蒜,谁不知道你啊?

我听着如芒在背,一个馒头根本填不了我心里的慌。

后来,我在门诊大楼后面的紫藤架下,远远地看到了江月娥,她正在和一个前来检查身体的同乡妹子说话,她告诉江月娥一件令她费解的事,她说,既然B超都已经做了,为什么那个男医生还要摸她的乳房?我一听就知道她的乳腺出了问题,这就是在医院待久了的好处。可是江月娥不知道,她到底有些吃不太准,她的乳房好得很,从来没有看过医生,不知道怎样去回答这位同乡的困惑,不过她的第一反应,总是试图维护这座医院的尊严。

我听到她对那个姑娘说,他们是医生呢,医生什么地方不好摸呢?

太阳出奇地好,到处是春光明媚的样子。

河边碎尸案已经过去了一段时间,它在人们心中投下的阴影正在渐渐隐退。

我看见小个子院长吃完早餐,正好从食堂拐出来，看起来他心情不坏。小个子院长，是本地著名的外科专家，由于长期的手术室生涯，他有了一个同样著名的习惯动作：老是用两肘去夹一下感觉上时刻要掉下来的裤腰——手术裤通常是在十分仓促的情况下由护士小姐系上去的。这个时候，有个警察在办公室主任的陪同下，来到小个子院长的面前。无论警察跟他说什么，他老是要去夹一下裤子，这可能让警察觉得他的工作受到了怠慢。

等我再回头看去，院长和警察已经在一条展开的被单后面了，我只看到他们的皮鞋，和像桅杆一样出现在被单上方的一根手指。这根手指肯定是小个子院长的手指，如果是警察的话，我看到的该是一只胳膊。小个子院长把他的手指不屈地指向天空，他在维护他手下的医院的尊严。我听到院长在说，这不可能！

这天上午，许多人被叫到院部办公室谈话。大家议论纷纷，其实他们并不知道，警察在河里又捞到了什么，他们只是猜测。有人坚称，公安局又捞起一只左手。大家看看自己的左手，又赶紧放下了。他们说，一个人怎么会有两只左手？我的脸色刷地白了，这帮蠢猪，两只左手意味着被谋杀的是两个人，除了那个无名男尸，另外还有一个。

现在我知道他们为什么要到医院来了——我回

忆起昨天傍晚的情景，我站在河边跟江月娥说，他们在寻找一只右手，左手已经找到了，现在还差一只右手。这时江月娥随口说了句，万一捞上来的又是一只左手呢？当时大家都笑了，只有一个人没有笑，这个人就是警察，他正在泥浆四溅的河里捞东西，这时候他缓缓地转过来，盯了江月娥一眼。

这个警察就坐在我的对面，他往原子笔芯哈了一口气说，叫什么名字？

马林，不过这里的人都叫我马铃薯。

为什么叫你马铃薯？

可能，也许，因为我叫马林吧？

警察说，前天在河里打捞的时候，你是否在场？

我在场。

你是否记得，昨天你说警察在找一只右手，左手已经找到了，现在还差一只右手。然后你身边的一个姑娘说，万一摸上来又是一只左手呢？这句话你还记得吗？

我心里大惊，可怜的江月娥，警察完全是冲着她来的。虽然这会儿警方还没有惊动她，这正是凶险所在。我沉默了会儿，调整了一下坐姿，心中涌起天大的事也要替她顶过去的气概，或许也有点悲壮。我说，不对，这句话是我说的，她没有说过。

警察的目光盯了我半天。他说好吧,那你怎么知道捞上来会是一只左手呢?

我不知道。我怎么会知道捞上来是左手还是右手,我想也没有想过,我只是随便这样说说,我是说万一,不是说不怕一万,就怕万一吗?

你怕什么?

我有什么好怕的,我怕你们啊,万一又摸到一只左手。打个摸奖的比方,这么多人去摸奖,顶多也就摸个毛巾牙刷什么的。那只多出来的左手,就好比是摸了个特等奖。

警察说,你严肃一点。

我说,我挺严肃的。

听说你有点喜欢江月娥?警察嬉皮笑脸地看着我。

我说喜欢又咋地?这个不犯法吧?

警察说,不犯法,但是你替她说了谎,实际上,这句话就是江月娥说的。

是的,这句话是江月娥说的,我无法挽回这一事实。我死皮赖脸地坐在那里,身体都快从椅子上滑下来了。

警察说,你给我坐好。

我对警察说,一个城里的案件,你们拿一个乡下姑娘起什么劲?

那你为什么要说谎呢？

我为什么要说谎？我重新把自己坐正。没有为什么，因为我喜欢她，我爱她，我不能让她受到一丁点的委屈。我终于说出来了，太好了，可惜江月娥没有听到，她正在门外等待下一轮的传唤，她即使听到也没有什么，她心里只有那个吃上海蛋卷的梁医生。

洗衣工们纷纷围过来向我打听，警察都问了你什么？大家七嘴八舌的。

有个人说，从河里打捞起一只手有什么稀奇的，一个在这里干了一辈子的洗衣工回忆起，以前，外科刚动完手术。我们去取被单，经常从里面裹出血出污拉的东西，外科医生就喜欢戏弄我们，把我们吓得半死。

那个女的这么一说，我就明白了，我对自己说，这就对了。

几天前，江月娥的一位同村的年轻人，在梁医生手里做过手术，他在工厂里被机器切掉的那枚左手的无名指，因为耽搁时间太长，没能在第一时间接上。

对梁医生来说，手术很成功。

医生从来都是这样回答患者的。

也就是那天,江月娥去外科送洗干净的床单和布品,在那里遇到了她心爱的梁医生,梁医生没工夫搭理她,但是他看到这个乡下妞,突然有一个强烈的欲望,想以他职业相关的方式来羞辱一下她,他把那截苍白的无名指裹进了手术床单。江月娥喜滋滋地本来还想跟他说点什么,梁医生交代她说,你赶紧把这些都拿走吧。

江月娥抱着那些床单回来了,她的心情是愉悦的,因为梁医生难得冲她笑了一下,她看不到微笑里的阴谋,她不知道自己被这个姓梁的无情地戏弄了,她一边走,一边哼着小调,她到了洗衣房,把东西打开来一看,里面裹着一个血污而苍白的东西,把她吓得大叫了一声,在旁的一位老洗衣工也没看清是什么,就把它抖到窗外的河浜里去了。也就是说,警察找到的根本不是什么左手,与被害人没有任何关系,那是一块从她的同村后生身上切下来的一截无名指骨,这使案件走了一段歧路。

江月娥被警察带走了,他们要让她到里面说清楚。

到了晚上,她还没有回来,或许她先回家了也说不定。我在医院门口徘徊,看到一位漂亮的护士小姐正在跟梁医生调情。我很难过,我也说不清楚自己在难过什么。

细论起来,手术切除的人体组织自有一整套严格的处理程序,外科大夫梁医生以此来戏弄江月娥,显然有违医德。第二天,警察来医院调取了这段时间以来的梁医生的手术记录,接着,梁医生被带走的消息,迅速传遍了医院的每个角落。

正当人们热烈讨论他会受到什么样的惩处时,他又悄然出现在食堂打饭窗口的队伍当中。虽然在几天后召开的医院职工大会上,梁医生被通报批评。但也仅此而已。在我看来,这等于这小子屁事没有,可我的江月娥却再也没有回来,她不回来,我的心就一直空悬着,问洗衣房的人,她们说,她被解雇了。

我大吃一惊,我去找院长,我把小个子院长骂得狗血喷头,你们就会欺负农村人。

小个子院长提了一下裤子说,这有什么问题吗?我堂堂一个院长,还不能解雇一个临时工?真是笑话。你还要说什么,你再胡搅蛮缠,也一块滚蛋好了。

我说,我滚蛋没有问题,不过你给我听好了,这件事没完!

我跟院长吵了一架,回来了。我一直在嘟嘟囔囔。我对院长说,这件事没有完。说这句话,我完全是情绪上的,凭空吓唬而已。可能你会告诉我,这件事可以通过劳动仲裁，是的，我知道，我还打过法律援助热线，我没有文化，我听不懂他在说什么。反正什么都需要人脉，我是一个异乡人，老乡都没几个，我根本没辙，不能拿梁医生及小个子院长之流怎么办。我还是我，一个面点师的郁伤根本感动不了这个世界。

我有江月娥的电话和微信，无论是打电话还是发微信，她都没有理我，我怀疑她已经把我的微信屏蔽掉了。这非常好理解。我估计她把医院所有的人都屏蔽掉了。这个城市、这个单位带给她的耻辱，还有爱情的覆灭，都将给她烙下难以忘却的心理创伤。

我决定去找她，哪怕是滚蛋，也要先见她一面，好让我彻底死心。

我向洗衣房的人打听，没有人能给我一个确切的地址，她们只知道江月娥老家在一个叫月溪村的地方。我去找那个失去无名指的后生，他也是月溪村的，他一定知道江月娥家的地址。我来到他的病房，他躺在床上，似乎睡着了，反正闭着眼睛，或许因为病痛，或许他根本不想搭理人。有一个老人正陪着他。我不知道他是患者的什么人，在这位老人面前，我变成一个来路不明的人。我拎去一兜苹果，我把苹果放在他的床头柜上，对老先生说，我是江月娥的朋友。说到江月娥，我看到那个小伙子的眼睛抬了一下，转过头来看了看我，然后又把眼睛闭上了。可老人并不明白，他甚至可能不知道江月娥的大名，只是狐疑地看着我，他伸出他的手，要跟我说什么。我明白。他可能把我当成了医生，因为我也穿着一身白衣服，我是一个面点师，甚至连厨师也算不上，更别说是医生。老人说，我儿子的手指找不到了，你们没有给我。他居然是小伙子的父亲，这么老的父亲。老父亲这样说着，突然出现幻觉，向我这个陌生人伸出他的手来，老人说，你们把它还给我。

那天，小伙子的病房又来了一个身着劣质西装的年轻男人，我估计是患者的哥哥，因为他管老人叫爸。他一来，我就从病房里出来了，我们交臂而过的时候，有一个短暂的目光交流，他狐疑地看着我，我怀疑他早上起来都没有洗漱，他的形象给我强烈的混乱感，我倒是没有料到，他将是接下去发生的震惊全市的袭医事件的主角。

我在走廊上老远就看到了那个狗日的梁医生，他正在跟护士站的几个护士小姐调情。狗东西意气风发，在他的脸上根本看不到这件事对他的影响。我向他迎面走去，我的右手的中指上，戴着被称为蛇蝎美人的戒指小刀,我就喜欢这些在别人看来完全没名堂的事情。如果这时候我迎上前去,冲着他的腹部来一个致命的一击,估计够他喝一壶的。

我没有这样做,我从来就是一个怂包,我只是这样想想而已,想想就已经热血沸腾。等我快要走到电梯口的时候,事情发生了,我的身后传来什么动静,我回头一看,只见那个炸着头发身着劣质西装的年轻人从病房里冲出来,原来他刚才一直候着梁医生。我刚才并没有看到他手里有刀,他拿着刀,直接往梁医生的后脑勺来了一记,梁医生下意识地向后脑摸去,护士们惊叫起来,接着是他的背部、胸部和颈部,被刺了好几刀,血顺着他的白大褂往下流,梁医生慌乱之中想奔向他的医生办公室,办公室在拐弯的地方,而他转身时,对方已完全近身,重击之下,梁医生倒在了血泊之中。我想过去看,不用说,我的心情是愉悦的,这件事本来是我想干的,他替我干了,干得漂亮,我对这位年轻人的景仰犹如滔滔江水,连绵不绝。这时电梯的门开了,我又回头看了一眼,这时医院的保安蜂拥而至,把凶手死死地摁在地上。而我直接离开了现场,在我的幻觉里,我似乎就是那个凶手,逃之夭夭。

第二天清早,我从手机新闻上看到有关这个事件的报道,媒体称,嫌疑人已被警方控制,所幸梁医生并无生命之虞,事情正在进一步调查之中,等等。

这个时候,我还在床上。医院食堂的人打电话过来,问我这么晚了怎么还不去上班?

原来小个子院长也只是说说气头话,我并没有被解雇。

那我还去吗?我对自己说,你还是去吧。我就去了。

我想我留在这里也是缓兵之计,隔壁的洗衣房里,没有了江月娥的欢声笑语,这个地方我最终是待不下去。那天医生护士们向我反映,昨天的面没有发好,不蓬松,发硬,口感不好,吃起来酸酸的。他们不知道一个面点师的糟糕的心情,心情不好,面还会好吗?凑合着吃吧,也吃不了几天了。

这件事在网络上持续发酵,凶手得到了严惩,梁医生被追加纪律处分,在网络舆论的强大攻势下,他差不多已经身败名裂。几天前,小个子院长代表院方亲临月溪村,向患者以及江月娥表示郑重道歉。他们表示,如果江月娥还愿意上班,院方可以提供更好的工作岗位。我听同去的医生跟我说,江月娥哭得稀里哗啦,她只说了三个字,我不去。

我决定去月溪村碰碰运气。月溪村在很偏僻的地方,几年前那里才刚刚通了公路。我乘坐的中巴车很烂,每个村它都要停一下。乡村的荒凉真是让我触目惊心,只有乡政府附近的街道上才会聚集起一点人气。我每看到一家路边的早餐店,我都会下车,进去品尝一番,说不上好吃,反正每个地方的面点都有自己的特点,犹如每个人都有自己的故事一样,你应该明白我的意思。我正吃着葱卷,一辆从月溪村来的中巴车正在启动,刚才它停着的时候,我还多看了它两眼,没发现什么。此刻我却惊鸿一瞥,发现我心爱的江月娥居然坐在上面,正在和她旁边的妹子说话,她没有注意到我,似乎听不到我的呼喊,我大声叫她,一边跑一边叫,车越开越远,我茫然地站在灰尘漫天的路中间,不知去处。

灯渡往事

渔村是因追逐鱼群而"不断流动的社区",它们的命运跌宕起伏,就像其赖以生存的猎物一样行踪不定。

——约翰·吉利斯《人类的海岸:一部历史》

一九九〇年盛夏,编辑部组织一批青年作者去灯渡岛开笔会。去之前,刘川林主编收到一组寄自灯渡岛的诗作,作者小真在她的诗作后面,附了一封信:

刘老师,我很苦恼,彷徨得使自己不能自解,我是一位性格内向的女性,只因这种性格,给我造成了爱情中的不幸和痛苦。我有一个追求者,死皮赖脸,我一点也不喜欢他,在这样一个小岛上,我要摆脱他,是一件非常困难的事情,谁都觉得我是他的女朋友,到处跟人说,我跟他睡过了,连我父母也慢慢接受了,催着我订婚。可我心里有一个真正喜欢的人,而他却因此对我产生了深深的误会,我该怎么办?

此信离我们去灯渡的日子尚有月余,刘主编大概觉得马上就会见上面,没有给她回信。不过,临走前,他往他的马桶包里塞了一本弗洛姆的《爱的艺术》。

去那天风浪很大,船颠簸得很厉害,两位省里来的老师都吐得不行。

到了灯渡岛,第一次见到这么清澈的海水,大家兴奋得哇哇大叫。一群赤条条的渔家孩子,尖叫着从高高的船头跃入海中,浪花飞溅。海湾里挨挨挤挤的渔船,渔民们来回张罗着他们的生计,有人正在杀鱼,大群的海鸥围着他翻飞,等着吃他手中即将丢弃的内脏。这里天风浩荡,充满自由与野性的意味,目光所及,无不激荡着我们这些外来客的内心。岸上,石屋绝壁而立,那些肃穆而幽深的石窗,都面朝大海。我好像看到了一个倚窗女人的忧伤。拾阶而上，一直在石屋里七弯八绕，沿途都是一些与渔业生产密切相关的小店铺，还有台球房，许多年轻人围在那里，里面传来阵阵击球声，一派乌烟。

刚下船的时候，碰上一个黑瘦的女人，跟渔嫂打扮并无二致，但看得出来，她是邮递员，我们的船还没有停稳，她便一脚跨过来，干练地踏在颠簸不停的船帮上，把甲板上的几大袋印着中国邮政字样的邮包拎到岸上，放进她要挑回去的篓筐里。

刘主编跟她打招呼，他叫她丘姨。原来我们要去的地方，就是丘姨的家。她家是一幢两层楼的砖瓦房，邮所就设在一楼的厢房里，涂着绿色油漆，柜台边还挂着一只投币电话。丘姨是全国邮政系统劳动模范，邮所的墙上贴着她的奖状，旁边还有一张有关她常年奔波在这个崎岖小岛上的先进事迹的报道版面。

我们一行十人，就此安顿下来后，大家在院子里零七八碎地坐开。刘主编很严肃，他的意思是，上午看稿改稿，或请省里来的老师给我们上课。其余时间灵活安排，还要跟这里的文化站互动一下。灯渡岛是一个充满传奇的地方，他鼓励大家多多走访这里的老渔民，听听他们的故事。灯渡风景很美，晚上出行要两个人以上，注意安全等等。

院子里，丘姨的小女儿正在帮忙剥豆角，很文静的模样。她在沈家门读高中，正好放假，应该是和我们同船回来的。过了会儿，来了一个小伙子，斯文得不像是渔家子弟，红着脸，害羞得不成样子。他拎过一把椅子坐下，看得出，他对女孩深情款款，但是女孩嘟着嘴，并不理会他。倒是她家的那条叫阿黄的土狗对小伙子无限缠绵。他姓温，跟我同龄，是灯渡电影院的放映员。刘主编过来，向他打听文化站站长，哎，你们的张老师呢。小温说，棒冰厂的机器漏水了，没有人会修，让张老师去看看。刘主编说，他是狗皮膏药啊，哪里都能贴。小温笑。刘主编又问起小真，让小温给她带个口信，小温点了点头。

等我们吃饭的时候，丘姨还没有回来。她先生说，不用等她了，她今天要送信到岛那头最后一户人家，很晚才能回来。丘姨回来的时候，我们都已经吃好了。她是挑着担子进来的（岛上没有自行车），她的篓筐里还有沿路人家要托她寄出的几件包裹和邮件。我叫了她一声丘姨，她没有理我，她迫切地要跟她先生叙说沿途见闻，东家长西家短的，我听了一耳朵，并不是太明白。

海边景色很美，风也很大，吹得省里来的青年诗人衣衫乱飘,他姓徐,徐诗人有风格,头发长得像拖把一样,肢体语言也很丰富,他的两个手臂像翅膀一样,走到哪里都要展开来,啊呀呀地感叹一番,当地人不免要对我们侧目,指指点点。走在海边的山路上,四周都是闪烁的渔火,正是墨鱼季节,成群结队的墨鱼到此洄游,各地捕捞船队也随之而来,附近的岛礁上都是他们临时搭的棚屋,星星点点,恰似星河入梦来的感觉。

我们在海岬边遇到一个老渔民,他手里有一顶很大的板罾,凭空伸出海面,他在一盏马灯下沉默抽烟,过会儿,提网看看,有没有一群墨鱼走进他的网里来。他跟我们说,以前只有渔汛时节才会到这里来,渔汛一过,他们就像候鸟一样飞往大陆。有一年冬天,他母亲在灯渡生下了双胞胎,小得跟猫仔似的,他们的父亲就再也没有回到他的故乡。

从海边绕回来,又经过灯渡电影院,其实就在我们的住处附近,它有点像过去公社大礼堂的模样,大门旁边有一个小小的售票窗,旁边挂着黑板,用粉笔写着影片名、放映时间和票价。每天只有一场。我们去探了个究竟,电影刚好结束,场内并没有随之响起一片噼里啪啦的声音,原来座位并不是常见的椅子,只是简陋的水泥长凳。看的人也不多,可能跟渔汛季节有关系,人们都忙着跟墨鱼打交道。

我们上楼去找小温聊天。小温正好结束他的工作，坐在他的放映室，有一种很特别的感觉。小温有些害羞，看着我们光是笑。我们透过墙上的几个放映孔看，电影院内已空无一人。小温说，如果你们冬天来的话，男人们都出海捕带鱼去了，坐在电影院里的观众全是清一色的女人了。我说，男人出海了，女人还有心思看电影吗？小温说，有时候难得上来一部大片，比如《日本沉没》，谁都不想落下。这个场景非常令我想象，女人们一边看着罹难者的挣扎，一边牵挂着海上丈夫的安危，该是多么纠结复杂的心态啊。

　　夜深了，我们坐在电影院的后阳台，丘姨家和电影院都在岛的南坡上，从那里可以看到丘姨家的院子。小温说，以前我常在这里看她在水槽边洗衣服，那时她天天来电影院找我，有月亮的晚上，我弹吉他，她唱歌，她唱得很轻，怕被她妈听到。我说，她妈反对你们交往吗？小温说，她妈看不起我，总以为她女儿以后要远走高飞，我一个小小的放映员哪里入得了她的法眼。小温突然说，这个女人很坏，她把我写给她女儿的信全都扔了，她一个邮递员怎么可以销毁别人的信件？我要去告她，让上面撤销她的劳模资格！我听得笑死。

我对灯渡岛的印象，全部来自刘川林的叙述。虽然他比我年长一轮，但我们关系还不赖。他调文联之前，曾经是灯渡中心学校的校长，他人长得像长脚鹭鸶似的，但能量惊人，不仅是个诗人，也会乐器，在岛上组织起了孤岛诗社和黑礁乐队，一时风生水起。他跟我说，在这个一点四平方公里的悬水小岛上，有四五千人之众，在这样一个人口如此密集的弹丸之地，所有的隐私都是敞开的，无一不是人们饭前茶后的谈资。刘川林说，当年，他就像脚下的这座岛屿一样，被大片喧哗的海水围困，而内心的孤独，无处诉说。他本来发过誓，不再踏上这个小岛半步。但是，当我们讨论笔会去哪里开的时候，答案显然只有一个，我们说灯渡岛，他就笑了。我知道，他的心里有多么热爱这座岛屿。

我的那篇小说，故事就是从他那里听来的。据说是很久以前发生在灯渡岛的一件真实事件，一条庞大的蓝鲸被海浪推上礁滩，搁在那里，不断甩动的鱼尾巴，让这里下了几天几夜的雨。灯渡人奔走相告，甚至有人走进了鱼的肚子，在里面看个究竟。说实话，渔民第一次拿鱼没有办法，任它在那里折腾、腐烂。鱼之大，其中的一根骨头，需要七个孩子才扛得动。这篇小说，我想表现的是渔民和大海之间忧喜掺半的情感关系。省里来的那位年迈的小说家对这篇小说非常肯定,他说,几乎不用作大的修改。这让我自信满满。

大家都在用功,我拿着相机一个人遛街去了。灯渡街上人来人往,不时有提桶担水的渔民急促地从我身边过去,夏天的时候,岛上的用水总是成问题。因此这里民居的房顶都做成收集雨水的容器。台球店里永远围着一群人,还有录像厅传来的不绝于耳的枪战声。一些闲散的老渔民聚坐在门口,一边聊天,一边好奇地打量着我这个异类。

我不知道自己该去哪里。这里所有的道路都通向大海。海边有一个钓海鸥的小孩,有个提着塑料桶的女孩跟他搭话,问他钓到了海鸥没有。渔家女孩都长得漂亮,海洋鱼类提供的优质蛋白让她们发育得很好,但是相比邻家小妹式的乖巧可人,我眼前的这位可谓是天生的尤物,那感觉就像是一束没有来处的光,打在她的脸上,也投射到我的心里,我简直看呆了,直至她消失在前面的村庄里,我跑过去看,不见了踪影。

当年我二十三岁,虽然年纪不小,也有过一些懵懂的经历,但内心仍然苍白。我怀着一个巨大而虚无的心事,茫然地走着,一个看上去比我年长得多的渔民打扰了我,他是一个跛子,所以他站在我面前很自然地做着稍息的姿势。他虽有腿疾,但身板板实,皮肤黝黑,双眼被海水渍得通红。他的脸上挂着害羞,他看上了我的相机,他说能不能给我拍张照,他从小到大从来没有拍过照。我说好,没问题。

他说,那你跟我来。我跟着他,他在前面一瘸一拐地走,他的船在很远的地方。他跟我说,我要跟我的船拍一张照片。从摄影的角度,我想从船头拍过去,他说不行,他要把这条船全尾全须地呈现出来。他的船是渔村常见的鳖壳船,不大,但取景框里照顾了船,人又显得太小。我让他离我近一点。他说,我得跟我的船在一起。我说这样人有点小。他说,人小没关系,主要是拍我的船,这条船跟了我很多年。

他叫顾洋,做了很多年的水乌龟。当地人把采集野生贻贝(淡菜)的人和行当,都称为水乌龟。他问我是否有兴趣,跟他一块去采贻贝。我当然有兴趣,改天吧,我说,我出来还没有请假呢。他告诉我,他最早做的时候,没有呼吸器的,不借助氧气泵和潜水服,一头扎下去,贻贝都吸附在峭壁上,他是用铁勾子勾的。他说你别看我有残疾,我水性很好,在灯渡也是数一数二的。我说我相信,不过我是一个旱鸭子,他笑了。

他告诉我,有一次他碰到了鲨鱼,他们村里有人整条腿都让鲨鱼咬掉了。当时，他在水里死命护着自己的裆部，他说，人这东西在海里发亮的，鲨鱼就盯着你这个地方，你让他咬上一口，你就完蛋了。他说罢，自己先哈哈笑起来。他说这东西长在我身上也没有什么鸟用。他已经三十多岁了，好看的姑娘都飞走了，难看的也轮不上他。

我觉得他不必跟我说这些，他要比我年长，而且我们素昧平生，但是他还在不停地说，他说他最大的愿望，是想打一条大一点的船，铁壳船。他说，我要在船上放一张床，我以后就睡在船里，我打了这条船，我就可以到城里去看你。他反反复复地说着这些，让我听得特别难受。分手时，我特意要了他的地址，我说照片洗好了，我会寄过来。

那天下午，文化站张老师过来，他跟刘川林是老交情，他带来的几个文艺骨干，以前也是刘的麾下。他们看到刘主编都很亲切。后来大家转移到电影院的舞台上，在污迹斑斑的垂幕之间。其实我们都没什么才艺，也就唱歌、诗朗诵什么的，还有我一直揣在裤兜里的一把口琴。他们一个个都是活跃分子，吉他、提琴，还有爵士鼓。那个鼓手跟我说，这个乐队就是刘川林在的时候搞起来的，那时候条件差，甚至没有鼓，他拿来几个木桩子让我们敲，我们到沈家门才见到真鼓,就这样,我们也在文艺汇演中拿到了名次。

后来又来一个笛子手。他跟大家寒暄几句后,一个人站在边角,神色落寞地看着幕后。他为大家演奏了一曲《友谊天长地久》。这本来是我的口琴曲,我只好改吹《啊,朋友再见》。我也不太懂,但是他,准确地说是他手中的笛子,让我想起小真的诗。小真在她的诗中写道:你说忘记吧／黑黑的窗口下／亮闪闪的笛,你说忘记吧／冷飕飕的雨中／湿漉漉的你……我不知道,他是否就是小真内心喜欢的那个人,我很想跟他去聊点什么,但是在高贵的笛子面前,一支破口琴实在无法表达我内心的那份没来由的要了命的优越感。

那天下午,我们拼命唱歌,从东北的松花江一直唱到海南的五指山。大家都在用年轻人的热情,维持一个因为彼此的陌生而难以烘托起来的欢乐场面。我呢,满脑子都是那个女孩。最后,张老师拿出他的裹着红绸的唢呐,给我们吹了曲《一枝花》,压轴。

后来,小真来了。小真是和她哥哥一块来的,哥哥居然就是顾洋。顾洋给我们带了下午刚采来的贻贝。顾洋有些不好意思,仍然报以他特有的稍息的姿势,努力让他的腿疾看上去不是那么突兀。他看到我很意外，也很惊喜，久别又重逢的样子。再看小真，她柔软，轻巧而明澈，略带羞涩的浅笑里，郁结着一缕不散的忧伤，我不禁把目光扫向那个吹笛子的年轻人，他已经躲到垂幕的另一边，时不时地扫过来一眼。

刘主编跟小真说，你的信我收到了，你也是我们的作者，这几天你就跟我们住在一起，正好有一张床铺空着。大家都觉得挺好。但小真有顾虑，总之是某人不想看到她跟几个城里人在一起吧。她说，她只是想来看望一下大家。刘川林果然是个诗人，他说，你不是不爱他吗？这句话我听到了，他说话的声音很大，简直是吼：你怎么可以受制于你所不爱的人？他算什么，他怎么可以限制你的自由？我告诉你小真，你只属于你自己。

小真被说得脸上红一阵白一阵。

我们还在台上，像是在等待一场戏剧的开始。

顾洋跟我说，本来他也没觉得那个男的有什么不好，各方面条件还不错。他知道妹妹不喜欢他，但他又觉得"喜欢"这件事是一件多么不靠谱的事情。刘主编刚才的一声吼，似乎正在慢慢动摇顾洋的想法，他跟我说，你们都是有文化的人，讲话都跟我们不一样。

看得出来，顾洋跟我们在一起很开心。因为他带来的贻贝,晚餐丰富了不少。他在饭桌上,给我们讲了许多海上船上的故事。他正说着,外面多了一个人,这个人就是传说中的某人。某人瘦长斯文,在他的沉郁的脸上,我看到了很不喜欢的一些东西。他并不声张,黑着脸站在那里。再看小真,似乎要哭出声来。此时,顾洋腾地站起来,他忘掉了自己是个跛子,一瘸一拐地走过去,动作幅度很大。顾洋说,你回去。他不回去。顾洋又说了一句,你回去。那个人不动。我没想到,顾洋竟转身向厨房腾跳而去,等刘川林把他截住,他手里已经多了一把明晃晃的白刀。他拿着这把刀,指向某人,你回去!

某人这时破了口,他说了一句,你这个疯子!

他走了,他走了以后,现场似乎留下来一个巨大的空洞,顾洋还在气头上,情绪的风暴席卷着他的脸部,而我们都陷入了沉默。

那个女孩一直在我的脑海里闪烁,我无法打听,又不知道人家叫什么,什么都不知道,只是心里平白无故地怀着一个巨大的害羞。

那天也是巧了,我看到台球房和录像厅之间,有一间小小的借阅室,估计也是文化站的地盘,就拐进去了。原来她就在那里上班。看到她,我的脸刹那就红了,真是害羞得莫名其妙,仿佛暴露了一个巨大的秘密。后来有人进来借书,她忙她的。我不知道咋办,找不到缝隙,无处下手。我从一张贴在墙上的值日表上看到了两个女性的名字,我不知道她是哪一个,又不好意思问她,我只好凭空估计,分析她应该是那个看起来年轻一点的名字:冯婷婷。我默念着冯婷婷三个字,感觉像饴糖含在口中,奇妙无比。

她终于开口问我,是否借书。我七挑八挑,挑了一本看上去最有学问的书。登记的时候,她让我签字,我签字。我的手不停地在颤抖。她看到了一个完全陌生的名字,她抬头看我,你也是诗人吗,跟刘老师一块来的是吧?我笑了,看来这个岛上的人对我们的存在了如指掌。我夹着书离开了那里,回去以后,我满脑子全是冯婷婷的影子,每个细节都在一遍遍回顾,浑身火烧火燎的,仿佛已经燃成了炭。

小温下来跟我聊会儿天,他很开心,他说他给普陀广播电台的晚间节目打了电话,给丘姨的小女儿点了一首歌。他还说,晚上他要把电影院的大喇叭接出来,这样全岛的人都会听到他的表白。我真是羡慕他,对一个女孩子的喜欢,可以这样大胆地说出来,我说不出来,也不能告诉他,一切都腌在自己的肚子里。我问他哪里打的电话——我猜他还没有勇气去打丘姨家的投币电话。他告诉我,他是在乡政府打的。

当生活存在另外一种选择和可能的时候,你真得感谢上苍——这个乡政府在我们离开之后的半年里就宣告撤销——它连个招待所都没有,但是它有一部通向外部世界的电话,因为它的存在,靠近电话机的玻璃窗没有一块是完好的。正值渔汛,乡干部都很忙,他们看起来就像渔民,没有丝毫国家干部的光芒,他们因为一件亟待解决的事争吵不已,然后又因为什么事,像被一阵风刮跑似的,全都出去了。

留下我一个人,无比庄严地向那个红色电话机靠近。

我给电台打完电话,回去时又见到了那个笛子手,他在丘姨家后面的山坡上踌躇不前。他问我小真在否?我说在的吧。他低头踢着土疙瘩,不肯再多说半句。其实这个人并没有给我留下太好的印象,我想小真的摇摆不定,也只是源于内心的彷徨吧。

我去找小真,小真的房间里,省里来的徐诗人正在跟她交流,徐诗人一边说话,一边小幅移动,像是慢三步的舞蹈节奏,他们在谈一首诗为什么可以是美的。徐诗人很健谈,我已经领教过他的风采。他俩对我的到来视若无物。我看到小真的床头上,放着那本翘着封皮的弗洛姆的《爱的艺术》。我跟小真说，外面有人找你。小真转过身来，她似乎知道是谁，表情上已经开始为难，我说不是他。她便明白了，跟我点了点头，飞一般地出去了。

故事就只好凭我自己的想象。我的想象总是那么地美好，因为我也给普陀电台的晚间节目打了电话，给冯婷婷点了一首《粉红色的回忆》，晚上八点半就会播出来，它此刻就像一只蝴蝶，扑闪着马上就要从我的嘴里飞出来。

下午三点半，乡政府给我们委托了一条船，从海面上围着灯渡岛绕一圈。

我们到指定的小码头去等船，结果还没有出发，乡政府的人过来跟刘主编说，那条船螺旋桨的叶子被海里的网线缠住了，动不了。那个人看到小真，很意外，你哥现在在哪里？小真说她不知道。顾洋作为灯渡岛最具潜水资质的渔民，正是解叶子的行家里手。乡政府的人走了，不久，山上的大喇叭就开始一遍又一遍地呼喊顾洋，如果我们不知道顾洋，根本听不明白那个人的土著方言加彩色普通话里讲的是什么尼加拉瓜。

本来挺好，在海上绕一回，回来差不多就该吃晚饭了。现在离晚上还遥遥无期。我期待天快点黑下来,把无关的时间都省略掉,让电台快点播出我献给冯婷婷的《粉红色的回忆》。由于对时间的焦虑,我发现刘主编戴了一款国产钟山牌手表,但他从来不去看它一眼。我不掌握时间,时间在我未知的地方机密地行走。我后来发现,楼下小邮政所的墙壁上挂着的一只圆钟——我认为它已经坏掉了,在我两次回头看它的间隙,它居然没有移动的迹象。我实在也是闲得发慌。丘姨不明白,我为何老是在她跟前闲晃,她可能以为我想跟她攀谈什么,她的目光里第一次有了友善与期许,这很难得。

此时,恰好有一个姑娘拐进来寄信。她和丘姨之间有一段简明的对白,充满了邻里之间的信任,然后她就走掉了。我估计她要寄的是一封情书,因为她在信封上羞于写上自己的地址,她只写了"内详"二字。这是惯常的做法。每封信的命运都是不一样的。这封充满甜蜜的信交到丘姨手上后,丘姨把那封信端详了半天,她捏了捏,然后像鉴定一张假钞似的对着阳光照了又照,我觉得她有把信件拆开的企图,当然这还不至于。往日的荣誉阻止她这么做。她在抽屉里找了一支圆珠笔,她习惯地朝笔哈了一口气——她太专注了,以致遗忘了我的存在。我看到,她拿笔把"内详"两个字涂掉了——她不允许内详,灯渡岛上没有她所不知道的人或事,这种想瞒天过海的做法是她所不能接受的，所以她又在涂掉的内详二字的后面，替人家注明：灯渡乡南田村第四渔业小组某某寄。她对此非常满意，她满意地笑了。

餐桌在院子里支了起来，夕阳的余晖透过啤酒瓶在桌子上留下异常明亮的一抹，这是一个节点，是另一个开端，神圣的夜晚由此降临。夕阳一点点沉下去，但是天色并未完全暗下来，它还处于蛋清似的晦滞状态，仍有一些微弱的影子，像是被遗忘的外套未及时收走。我从来没有如此期待过夜晚的降临，我满腹心事，怀着甜蜜与不安。我不知道冯婷婷住在哪里，怕她家不在喇叭声的有效距离内，又怕她早早就睡下了。

吃了晚饭，他们都到海边去了。我看时间尚早，来到台球房，看人家打球，那个持杆人抽着烟，斜眼盯着其中一只球，等他出击的时候，便把他的烟狠狠地扔掉了。我的心思在隔壁的借阅室，借阅室里亮着灯，意外的是，里面是一个五十多岁的陌生女人。我不知道进去好，还是不进去好，似乎我有什么东西遗留在里面的感觉，令我牵挂。我进去了，我问她，冯婷婷在吗？那个老女人从她的座椅上站了起来，她说，我就是。我直接蒙掉了，我感觉脚下的水泥地正在崩塌，我悬浮在空中，慢慢地缩小，极端地不真实。我嘴巴里嘟囔了一句，立刻逃了回来。经过电影院的时候，我望了一眼楼上放映室的窗口，我知道等电影结束，小温就把喇叭拿出来。这个想象中的美好夜晚，还没有开始就已经结束了，我无处逃遁，径自回到住处，我连灯也没有开，就趴床上睡下了，像进入冬眠的昆虫慢慢缩成一团。

我还没有起床，丘姨就已经在院子炸开了，她极其亢奋地向她先生传递着什么，好像是谁家老婆被她老公揍了一顿，接着我听到了一句"粉红色的回忆"。我的感觉好像是一脚踏空，又或者谁又把我重新从高处甩到那张床上，床架发出一声痉挛。我知道发生了什么。

借来的那本书我根本就没翻，我想我必须马上迅速地去把它还掉，对我来说，故事已经结束了。借阅室的门关着，我不知道它的作息时间，也许管理员只是临时外出。我在对街看到一家理发店，我决定先剃个头——或许我只是想暂时躲避一下。老板一个人躺在转椅上，他的玻璃上贴着许多摩登女郎的各式发型，我张望了一下，他看到的应该是这些摩登女郎之间的一个因为贴着玻璃而变形的脸。他立刻从转椅上坐了起来。老板一看，就知道我是哪支部队的。他说，你们来了好几天了吧。我说来了三天。我这么一说，把自己吓了一跳，真的那么短暂吗，在我的感觉里，我好像在灯渡岛度过了一生那么漫长。

这时，有个少妇透过玻璃橱窗向里面张望，老板招手让她进来，她可能看到了我这个外人，扭脸就走了。老板说，其实他最有心得的还是女人的发式，但女人好像都有点忌讳他。我说，肯定是你勾搭人家良家妇女，名声不好。理发师好像让我猜中什么，嘻嘻哈哈地打着马虎眼。我听刘川林说过，在灯渡岛，理发店跟厕所是一样的，女人到男理发师的店里去也有，但这无疑是一桩有风险的事情，特别是这个理发师名声不好的话。

那么，在这个岛上，谁比谁的名声更好一些呢？

这样说着，话就说开了。理发师说，表面上这里的人对男女之事看得很圣洁，其实底下一塌糊涂，就拿那个文化站的冯婷婷来说吧，她睡了多少男人，全灯渡的人都知道，只有她老公蒙在鼓里。昨天不晓得哪个鬼儿子给他老婆点了歌，粉红色的回忆，哈哈，这下有关他老婆所有的传闻都坐实了，昨天半夜里冯婷婷被她老公揍得嗷嗷乱叫。我说，是不是跟你也有一腿？理发师笑坏了，露着他的龅牙，抱着我的头乱笑。

从理发店出来，我去还书，我要还掉的不只是一本书。借阅室的门开着,我进去,见到是她,我第一次没有脸红,没有任何的害羞感觉,我被这件事弄得心如死灰,虽然她还在,一切如常,但我心里没有了期待。我只是来还一本书而已。她本来坐在柜台内,看着自己的手指。看到是我,她站了起来,脸上有些泛红,这是以前没有的,她还冲我盈盈一笑。我说我来还书。本来我想好的,我会在这本书里夹上一张小纸条,上面会写上一些诗句。这些诗句我还没有想好,故事就结束了。谁会想到她不是冯婷婷。她说,你这么快就看好啦。我低头嗯了一声。她把书收了,问我还借什么书,我说不了,也许我们明天就回去了。其实我并不知道什么时候回去,或许明天,或许后天,反正时间也差不多了,但我这样说出来,表达了我内心的毅然决然。你们明天就走啦?我说是的,她看着我,目光里似乎有些不舍,她想跟我说什么,又欲言又止。但是我已经被这件事弄得心情全无,转身便离开了那里。

在我的感觉里,这一天的夜晚来得格外地早。

我在阳台上看着远处渐渐被乌云吞噬的火烧云,灯渡岛转眼便陷入了黑暗,然后它像一张泡在显影液里的底片似的,在黑暗里慢慢显现它的细节。我刚才说过,丘姨家正好处在岛的南坡,我远远地看到下面的路灯旁站着一个女的，好像就是她。我下去了，我想她在那里等我，她是否在等我呢，我心里并没有把握，我佯装本来就要外出的样子，和她只是意外的邂逅。我这样想着，直接从她身边走过去了，然后再回头道，呀，是你。她没动。她不动，我就很为难，我到底是马上离开好，还是再跟她说两句。她换了一件白色连衣裙，连衣裙有些小，把她的乳房衬托得非常紧致，我都能感觉到她的心跳和起伏。

她说，你的书里有一样东西你忘了拿。

我很纳闷，这本书我翻也没有翻过，它只是我的道具而已。或许它原本就夹着什么，恰好这时候跳出来，给了她来找我的理由。她把东西塞给我，我接过来，是一张纸片，上面好像写着一首短诗，我看不太清，黑暗中，那张纸片像一片充满涟漪的水面。她却轻轻将它念了出来：也许／你的目光／飞越城市与海峡／与我的目光相遇，也许／你的吻／落在我美丽的黑发／与我的吻在你的胸中叹息……我有些吃惊，我根本不相信这是书中之物，这是她写的诗，她在诗中向我示爱，她又是怎么知道我是喜欢她的呢？从我借书时羞红的脸，还是那双颤抖的手，还是来自两颗心的神秘感应？我说，这是你写的诗？

她没有否认,害羞地笑着。我纳她入怀,她像小动物一般在我怀里挣扎,然后慢慢地平静了。我们在黑暗中抱得紧紧的,一动也不动。她说,走吧。我说,走吧。我拉着她就往海边跑,她一路都在笑,我们穿过村庄,穿过灌木丛,踉踉跄跄地奔到海边,爬到一块火山岩上,我们俩牵着手,并排躺在那里,她的手像寄居蟹一样老是在动。

夜幕下,星辰低垂,似乎比刚才清亮了许多,听着轻缓的海潮的节奏,还有它翻动卵石的细微的声响,一阵轻雾从海面上散开来,海风拂过她的光洁的脸庞,她仰望着辽阔的天穹,眼神里遥远而空茫。她跟我说起了她的父亲。

她说,我家五姐妹,我爸很想要一个儿子,轮到我出生的时候,我爸都没瞧我一眼就出海了。他每次出海,我都在睡梦中。第二天醒来,问我妈,爸呢。我妈不吭声,我爸一出海,她就沉默得像个哑巴。她最关心气象,遇到坏天气她就想把我爸拦下来,拦又拦不住。每次出海,我妈都会把身份证和钱用一个布兜缠在他的腰上。我知道我妈的心思。后来我爸他们在海上遭遇了一场突如其来的风暴,再也没有回来。

据我所知,海难之后,家里人会去海边招魂。是时,海滩上会燃起篝火,好让死者辨别回家的方向。一根毛竹插入瓮中，上面挂着替代死者的稻草人，潮水涨起，钟磬铙钹之声齐发，竹竿摇动，亲人手执火把沿着潮水线边走边喊，伴随着一声莫名的巨响，算是把灵魂招入了稻草人中。我曾亲聆来自海边的一遍又一遍呼喊，极其凄凉，况味无法细述。

但她给我讲的，却是另外一个怪力乱神的故事。当年同乡的一艘渔船开到一个地方开不动了，原地打转。轮机长查不到原因，船长说，好像有东西。然后船员下海打捞，打捞上来一具尸体，从他身上绑着的布兜里，找到了她父亲的身份证。

她讲这些，平静得似乎在讲别人的故事。我把她搂过来，摸到的却是满脸的泪水。我吻她，用舌头舐去她的泪水，拨弄她的眼睫毛，缠绕着她的小鼻子。她滚烫的丰盈的身体被我紧紧地包裹着，我感觉我身体正在发生变化。她说，带我离开这里，永远不再回来。她说这些的时候，她的手蛇行而至，捏着我的小弟——我有些吃惊，仿佛那就是一架飞行器的操纵杆。要命的是，我没有吭声，我突然从单纯的荷尔蒙的冲动中清醒过来，我无耻地沉默着，没有吭声，只是把她抱得更紧，她似乎从我有力的臂膀里找到了她要的答案。

下雨了，她说，我们走吧。我们逃离，回到村里的时候，雨已经下得很大，她说，到我家坐坐吧。我很意外，好在她家离我们躲雨的地方不远。当时灯渡岛上多数人家已经造起了楼房，而她家还是简单的石坯房，房间的某个角落好像还有点坍塌，我听到风穿过石缝发出的箫一样的声音。我进去，触目便是五张床排在那里，五个绝色美女，她母亲不在。她的床在最里边，她说这就是我的床，没地方坐，你坐床上吧。她的四个姐姐的眼睛都看过来，各种意思都有，她也没想起来介绍一下我，之前也没有任何的铺垫，凭空而来。而我是一个木讷的人，我大概坐了两分钟，实在坐不下去。这种情景，这种气氛，我坐不下去，她似乎也没什么话好讲。我站起来，我说我还是回去吧。我就回去了。她递给我一把雨伞，她让我放在旅馆好了，第二天她会去拿。

当晚，小真在雨夜里失踪了。

我回到旅馆的时候，还有几个人没有回来，刘川林问我，你们没在一起吗？我说，没有啊。是时，还不到九点半，这个时间刻度似乎还在安全值内。

此时，没有人知道那位省里来的徐诗人同样也不在，他和那位年迈的小说家一个房间，不过，年迈的小说家有早睡的习惯，此时他已早早进入梦乡。

过了会儿，其他人也都回来了，唯独不见小真，没有谁能够回想起来她的去向，外面风雨交加，她会不会在海边出什么意外。我倒觉得没事，这里是她的家，是她生活了二十多年的地方，能出什么事呢。当时小温也在，他陪几个人出去兜了一圈，也跟着过来了。小温说，小真不会回家了吧。刘川林说，不会的，她要回家会跟我说的。刘主编有点儿着急了，他说，有雨伞雨衣的大家拼一下，我们分头去找吧，两人一组，记得不要走散了。

我们分头去找，各个村庄以及海滩、码头、冰厂都是检查的重点，到处响彻着此起彼伏的呼喊声，声音被风雨吞没的同时，也在黑夜里迅速地传播着，岛上的灯光因我们的呼唤而被点亮，被惊扰的居民纷纷出来打听，而我们语焉不详。我们并不想告诉他们一点什么，尤其不能惊动小真的家人。而此时，年迈的小说家一个呼噜把自己惊醒，他发现徐诗人的床是空着的，去敲刘主编房间的门，刘主编也不在，倒是把丘姨惊动了。于是，小真跟着省里来的诗人跑了，这个消息像风一样迅速传遍了整个灯渡岛，本来只是单纯的找人，现在差不多就是捉奸了。我们看到了一个熟悉的身影，我试着叫了她一声丘姨，她立刻像神灵似的原地消失了。显然事情比我们想象的要严重得多，我和小温来到海边，在海边巨浪的轰鸣声中，我们根本听不到自己的呼喊。然而，在一条覆置在岸上的舢舨上，我们意外地看到一个人，它就是那个忧伤的笛子手，他像死人一样躺在上面，任凭雨水在他身上冲刷。

等我们回去，小真和徐诗人没事人似的待在各自的房间里。他们说在外面躲雨，这听起来一点问题没有，但是这个理由，显然无法支撑我们的兴师动众，以及各种不乏肮脏的猜想。此事也怪刘川林，他是诗人，诗人做事总是沉不住气。小真他们回来的时候也才十一点多，我们完全没必要如此张扬。当我们觉得事情差不多就这样过去的时候，整个灯渡岛已经闹得鸡犬不宁。小真的家人很快赶到了。顾洋气势汹汹，他扬言要杀掉那个徐诗人。徐诗人吓得躲在房间里不出来，而顾洋拿着刀在丘姨家楼上楼下奔袭，小真站出来，哥，如果你觉得你妹真是个烂货，你就把我劈了吧。顾洋倒是没动，她母亲上去就给她两个巴掌。

很多年过去，我都记得那天上午离开灯渡岛的情景。正好有一支抬着棺木的丧葬队伍也挤在码头，他们要搭专船到对面的小岛上安葬。文化站的张老师一边吹着唢呐，一边跟我们挥手道别，如此怪异的情景，似乎与我们落寞的内心也很搭。小温来送我，站在岸边跟我说话，丘姨叫他滚开，她拉着脸把几大袋印着中国邮政的邮包扔到甲板上。我一直等着那一张熟悉的面孔，她没有出现。我也搞不清自己的心思，昨晚上她跟我说过的，明天码头上人多眼杂，我就不来送你了，但是她真的不来送我，内心好像也挺失望。

此时，山顶上的喇叭响了。先是敲击话筒的声音，传出一个年轻女人呼喊她丈夫的声音，她说，沈家门姑妈已经替我们买好了小天鹅洗衣机，你去拿一下，还有你女儿的复读机你别忘了买，你答应过她的。还有还有，另外再给我买两个发夹，我要红的，蓝的也行。在场的人，包括那支并不伤感的丧葬队伍里的人，都笑了。

我在想，此刻，如果是她，站在话筒后面，朗诵那首她自己写的情诗，那是怎样的动人心弦的场面啊，我又会如何地感愧交集。

在接下来的日子里，我和她有过十几封书信来往，上世纪八九十年代城乡之间还横着一条难以逾越的鸿沟。她在最后一封信中深情地写道，愿为西南风，长逝入君怀。我唔咻再三，终于没有再回复。后来我听说，她被人强奸，又和强奸她的人结婚，总之红颜薄命空流水。我再见到她，已是多年以后，面容枯槁的她领着女儿来见我，让我解决她女儿在城里的上学问题。我一生中从来没有求过别人，这是一次例外，以弥补我内心的愧疚。

电影放映员小温，最终没有和丘姨的小女儿结缘。我不知道，这是不是他决绝要离开灯渡的原因。他在定海做过一段时间的街头广告，接着去了南方，他后来的职业和以前的放映员身份有一种戏剧性的关系——他在一家影视公司供职。有一年回来，以非常低廉的价格买走了我一部中篇小说的电影改编版权，虽然一直没有拍出来。

小真的近况，我无从得知。几年后，我在舟山渔民画家的一次进京汇展中，看到一幅作品，作者是小真，她画的是一个裸体的女孩躺在海岸边，画风非常像美国画家安德鲁·怀斯的那幅《克里斯蒂娜的世界》，画面大部分也是一片空旷的长着枯黄色荒草的山坡，不过远处是海，一个裸体的女孩无助而又苍白地匍匐在草地上，绝望地看向远处的海。

三年前，莺飞草长的三月，跟随舟山电视台摄制组，我又一次踏上了灯渡岛。由于渔业资源的衰退和迅猛的城市化进程，这里日渐萧条，几乎成为一座空岛。它的荒凉程度，让我无法面对。我不敢相信，这就是我记忆中的曾经如此拥挤而繁华的灯渡岛。电影院早已倒坍，我站在高处的石梁上，企图在狼藉一片的废墟里寻找什么。我想起三十多年前的那个充满歌声的下午,一阵风起,将我的帽子吹落到那个水泥舞台上。舞台还在,两边的台阶也隐约可见,但是,那些歌声呢,它们飘落何处?

马厩岛

大多数时候，我们那些惊天动地的伤痛，在别人眼里，不过是随手拂过的尘埃，或许成年人的孤独，就是悲喜自渡。

——加西亚·马尔克斯

李沫是我的朋友，我们已经有很多年没有见面。记忆中的他，是个沉稳的胖子，尤爱红烧肉。他停在酒店外面的车，被一个冒失鬼撞得面目全非。李沫说，不好意思，给你添麻烦了。我陌生地看着他。日本几年，给他带来的变化还是蛮大的，他瘦了很多，而且变成了一个食草动物，烟也戒了。我是一只单身老狗，无肉不欢，他只吃草，而且每次只吃一点点。肉块在我的嘴里发出快乐又低俗的吧唧吧唧的声响。

相聚的欢畅很快过去，我们经常陷入长久的停顿与沉默。我知道他着急回上海。在我家客厅的长桌上，我们喝着加冰的威士忌，听着李沫送我的日本原版唱碟。他的太太偶尔会打电话过来，听得出来她是在日本家中。我听到一声妩媚的猫叫。李沫在电话里，常会蹦几句叽里呱啦的日语出来。眼前这个矜谨的男人，已然不是往日的李沫。他问我是否还在写小说，我有些难过，这并不是他关心的问题。他说，我给你讲一个故事吧。

一九九七年的七月天，夏日蝉鸣，我正在家里翻箱倒柜地找一样东西。

我的两个朋友，冯礼和朱海波，别说你不认识，我也已经几十年没见。他们进来的时候，我意外地在一本书的扉页上，发现当初买这本书时邂逅某人的记载。他俩是我那里的常客，无须我格外照应。我一边跟他们搭腔，一边整理东西。两人以为我一直在参与他俩的交谈，实际上我的头绪多半陷在手头的那些乱七八糟的事情上。等我整理停当，他们已经决定，主要还是朱海波的主意，第二天一早动身去舟山，目的地是一个叫作马厩的小岛。这可是几个钟头前连个影子都没有的事。

你别笑，这便是我们当年的行事风格。我们都才二十出头，心浮气盛，装腔作势，生活极其苍白，眼睛里总是闪烁着冲动的光芒，整天想着奇迹的诞生。想走就走，只是那个年纪的鲁莽，连勇气都不需要。朱海波老家在舟山，不知道为什么，他老是有一种莫名其妙的家乡自豪感，已经约过我们好几次。他的一个写诗的表哥跟他神吹，说马厩岛如何荒蛮，如何民风彪悍，这些在我们年轻的闪闪发光的脑袋里都是好词。马厩岛就这样凸现在我们的想象里，往往就是这样，事情一经提出，便非去不可了。

那天下午到了舟山沈家门，他表哥请我们吃夜排档，称兄道弟了一番，我们不胜酒意，回到旅馆后便昏然睡去。朱海波是个急性子，第二天，我和冯礼几乎是在他绝望的惊呼声中醒来的。我们匆匆忙忙赶往沈家门民间码头，在码头对面的一家生煎店坐下来。朱海波把一碗豆腐脑吃得惊心动魄。他自己吃好了，便一直在催，快点啦，船就要开了。

冯礼说他，你怎么弄得像枪毙鬼一样，着什么急嘛。

冯礼还在那里慢条斯理地吃他的生煎包子，他怕油滗出来，溅到他的衬衣，那个既要躲开去，又噘着嘴巴去够包子的架势，朱海波看了直摇头。他只好摆弄起他手头的一架袖珍望远镜,不停地观察码头那边的情况。我去旁边买烟,找了几家才找到我要的上海红双喜。正在找零的时候,朱海波又在那边火急火燎地叫我。

到了码头那边,乘客们都堵在一扇铁门前,实际情形远没有朱海波的表现来得紧迫。朱海波看看我,又看看冯礼,他的意思好像是说,咱们的人都齐了吧?

来往于沈家门和各岛屿之间的这条航线,基本上都是与渔业相关的当地人。外人很容易把我们三个人从中区分出来,特别是冯礼,涤纶衫,棒球帽,墨镜,帆布包,可口可乐,机械相机,数字寻呼机,一副标准的短途旅行的行头。朱海波背了一只鼓鼓囊囊的牛仔行李包,与之不搭的是,他穿了一件他妈刚给他买的一千多块的梦特娇。他平常也没穿这么好,可能是他妈觉得儿子到了该找对象的年纪吧。冯礼说,哇,梦特娇嘛。显然有一种轻微的不易被察觉的讥讽口气在里面。说实话我蛮眼痒,那个美好的夏天才刚刚开始。

码头不买票,说是上船之后有人会来收钱。没有票,座位也无所谓对号,你得抢。所以朱海波表现出来的急迫,也是有道理的。铁门一开,乘客大乱,朱海波一看情形不对,立刻百米冲刺,我和冯礼还在后面,他已经越过舷梯,光看到他的牛仔包在铁门边闪了一下,就消失了。他这是替我们抢座位去了。冯礼跟我说,朱海波这个人,没出过门还是怎么的?我们无非是来吹吹海风,领略海岛风光,怎么被他弄得慌里慌张,像轧公交车一样。

那艘铁壳船很小,只有一个统舱。朱海波在船舱里抢了两个座位,他和牛仔包各占一席,左顾右盼地等待我们的到来。我和冯礼在外面的舷廊上,隔窗看到他。我跟冯礼说,朱海波在里面。冯礼并不着急,他说,很好,我们先去甲板上吹吹风。

风有点大,甲板上的帆布篷砰砰作响,冯礼的中分发式已经大乱。在我看来,他之所以还挺在那里,完全是因为前面有个好看姑娘,白皙,高挑,苗条,时尚,长发飘飘。此时有人来向我们售票,我正要付钱,冯礼跟那个售票员说,等会儿,我们里面还有一位兄弟。他的意思是朱海波可能已经买过了。他倒也不是小气,而是觉得没有必要,是否必要是他的行事法则,因为再买也来得及。

我上了趟厕所,折回船舱。朱海波见到我,简直跟见了亲爹一样,口气里有那么一点小委屈。他说,你们都到哪里去了?他又说,你帮我占着座位,我去上个厕所,我好像肚子坏掉了。他刚走,前后脚,冯礼像打醉八仙一样进来了。船波动有点大,他觉得不对,他认为有必要温习一下救生衣的穿戴方法。他把救生衣从屁股底下的箱子里翻出来,并且向正好经过他身旁的一位船员请教,这幕情景真有点感动人。这就是我佩服冯礼的地方,他是对的,尽管看上去很滑稽,滑稽又有什么关系呢?朱海波一直没有来,看来真是闹肚子了。我想象他光着屁股抓着蹲坑边上的扶杆,一边又抵抗海浪颠簸的悲惨模样。我这边也不好受,船舱里浓厚的铁腥与海腥混杂的馊不拉叽的味道,让我备受煎熬。冯礼耷拉着脑袋。后来我们都吐了,那个专用的小铅桶,本来就挨着冯礼的脚边,冯礼嫌它恶心,一脚划拉到旁边。没有想到,这会儿我和冯礼却争抢着往那只铅桶里干呕——如何把肚子里那点货色准确无误地吐到那个铅桶里去,已经是我们唯一能做的还称得上体面的事情了。

  船舱里正在放映一部香港警匪片,特别匹配船舱里乱糟糟的气氛。这点风浪对大部分渔民来说小菜一碟,他们抽着烟,就影片内容即兴发表自己的创见,不时哄堂大笑。那些站在舷廊上的人把脸贴在窗玻璃上,紧张兮兮地专注剧情的发展。我和冯礼都没心思看,半死不活地瘫坐在那里,朱海波的牛仔包和我的包都夹在中间,成为彼此的倚靠。冯礼从来包不离手。他的一只脚还搁在对座的扶手上,他稍一伸腿就能把那个歪斜着脑袋睡觉的女乘客的脸踩个稀巴烂。这个时候,我看到朱海波踉跄着摸进舱来,我和冯礼死皮赖脸地在那里装睡。只见朱海波环顾四周,这时候哪里还有他的座位,便又无可奈何地往舱外的舷廊走去。望着朱海波踉跄的背影,我心里多少有些不安的,但这个不安远没有到礼让的程度,如果没有他抢的那两个座位,我和冯礼恐怕是挺不过去的。朱海波一路上总想着给大家谋福利。他是舟山人,渔民的后代,想必能扛得住外面的风浪,老天保佑他。

不知过了多久,我被别人的行李箱碰醒,船好像平稳多了,我感觉身体里开始有了一点力气。冯礼仍在昏睡中,嘴巴里还淌着口水。一个人在梦中是无法顾及体面的。我把他推醒,冯礼一副不知身在何处的样子,茫然地望着周围的一切。这时候警匪片也结束了,乘客也都活泛过来,大声说话,抽烟,打开自己的随身物品,各处溜达。当时是中午十点半,我从包里摸了一块面包给冯礼,我说先填点肚皮吧,等会儿吐的时候就有内容了。冯礼说好,一边又嫌弃地看着我的那只被压扁的面包。他从自己的帆布包外面的隔层里抽了几张餐巾纸。他的包里永远不会有面包,但却带足了吃面包时用得着的餐巾纸。

当时船正在打转,乘客正在往外出。冯礼说,我们是不是到了?

不一会儿,汽笛响了。船转过去以后,看到的不再是一望无际的大海,一座岛屿神话一般出现在我的面前,而且上面的房子密集程度令我大为吃惊。后来朱海波告诉我,这个地方叫麦仓岛。可以想见,麦仓岛比我们要去的地方繁华多了。我们为什么舍本求末呢,不太明白。这条铁壳船上的乘客几乎都是麦仓岛上的人。几个青壮渔民眼疾手快,未等船舷靠拢,已从舷栏上飞身而出,奔到船首去接应,把甲板上的货色挪到码头上去。更多的乘客还堵在跳板前的舷廊上,等待随着一记铁索声响,如潮涌出。

我还在船舱里,朱海波的包还在这里呢。冯礼跟我说了句,我先上去了。船舱里转眼就空了,朱海波碰上一个熟人,正在舷廊上跟人家告别。他进来跟我说,那个人是他的中学同学,乡宣传委员。我说,你见到冯礼了吗?他已经下船了。朱海波这才哎呀一声,我们不在这里下船啊。我这才明白过来,船喇叭原来一直在喊:去马厩岛的乘客请不要下船!去马厩岛的乘客请不要下船!我大喊不好,立刻奔到舷栏边唤冯礼,这时候从麦仓岛又上来几个客人。朱海波眼看着老船工解掉了第一根缆绳,脚下的铁板开始旋转，他的叫喊更是添了一层灾难来临时胆肝俱裂的味道。听到我们的喊叫，正在跟那个姑娘搭腔的冯礼立刻像澳洲鸵鸟一样飞奔而来。这时船体已偏离泊位，好在冯礼前面已有一段助跑，他跳过来了，被老船工骂得狗血喷头。我和朱海波赶紧跟老头赔笑，冯礼拍遍口袋，拔一支烟递过去。老头把烟夹在耳朵上，就像是保留再一次追究我们的权利。

铁壳船继续向马厩岛进发。

风浪平息了很多，剩下的人都在甲板上。除了我们三个，还有另外七八个马厩人。甲板两边各有一把条椅，他们坐在其中的一把条椅上，盯着我们看，想必在猜度我们的身份。他们身边的所堆之物，都是刚从沈家门进来的货，主要是蔬菜、土豆、卷心菜、冬瓜、莴苣；当然还有猪肉、黄酒、香烟、腐乳、榨菜、咸齑、饮料、调味品；再者就是沐浴露、洗涤精之类的日用品。有一个细节，我看到其中一个男人的手腕上，套着两三个漂亮的发圈儿，女孩子扎头发用的，带花色饰边的那种。后来我在女朋友那里看到过，她告诉我，这个东西叫猪大肠发圈儿。当时，我们坐在另外一把条椅上，和马厩土著形成奇怪的对峙关系。朱海波试图用舟山话跟他们搭腔，但没有一个人理他，但他们的目光并没有回避，依然毫无表情地看着我们。只有当冯礼举起相机的时候，马厩人才纷纷扭过脸去。他们不习惯在照相机镜头前抛头露面，仿佛因此窥视了他们的隐私。另外还有一个长着兔子脸的人，默立舷边。他刚才是从麦仓岛跳上来的。他戴着眼镜，这里戴眼镜的人可不多，他的身份有点不太好判断。我看到刚才有马厩人在跟他搭腔，但他显然不属于这个群体。我提醒冯礼注意，我说这个人有可能是乡政府的人。冯礼看了一眼说，不太像，有点村队会计的意思。

马厩岛先是一个点，在我们的视野中渐渐放大。随着铁壳船的行进，马厩岛在我们的视野中渐渐显出一些斑驳的内容。有关它的一些粗略的印象，全部来自朱海波的那位诗人表哥的三寸不烂之舌。至于它为什么叫马厩岛，他并没有说清楚。或许跟地形有关，但也不尽然。几百年里人们因躲避战乱和饥馑迁徙到此，我想他们来的时候也不一定就是渔民，他们会按自己老家熟悉的物件，来命名这些岛屿，于是便有了蓑衣岛、牛轭岛、花烛岛、稻桶岛等等。刚才我们经过的那个大岛就叫麦仓岛。我从舟山地图上，还看到一个叫砚瓦岛，那显然出自一个破落文人的臆想。如此，两天前还在我们想象之中的风景,现在已近在眼前。我当时的感觉还是蛮震惊的。马厩地貌,宛若冰河时代遗址,触目都是巨大的裸岩群,远远看去,整个岛屿形同覆掌,岬角为指,关节如峦,从山冈上俯冲下来,陡然裂开一道沟壑,沟壑里堆叠着鳞次栉比的石屋,一路挟持过来,又忽然展开,形成一个小小海湾。

这鬼地方真他妈的不错啊!朱海波兴奋地在那里指指点点,你们看,马厩岛是不是有点像……他突然低下声来,在冯礼耳边嘀咕了一句。冯礼的脸一时暧昧得不行。我猜到他会说什么。当时我们根本没有意识到,我们与当地人有多么地格格不入。我们的扮相,我们的乖张,我们的自说自话。身后的马厩岛人都奇怪地看着我们,发出意味不明的笑声。但我注意到那个兔子脸的人,他没有笑,他的兔子脸,天生一副别人欠他三百两银子的样子。他在偷偷观察我们,当他注意到我的目光,又立刻把脸扭了过去。

我注意到岛上接近山顶的地方,有一幢白色外墙的水泥楼房,与下面沟壑里的那些石头屋显然不同。我猜测说,一般来说是公家的房子。

朱海波说,肯定是乡政府。

冯礼抚掌笑道,这么说,我们找到组织了?

正说着,赫然看到码头边的一块挂满渔网的巨石上，写着几个已经斑驳褪色的红字：

上岛外来人员，请务必到乡政府登记报备→

这几个字显然有些年份了，也不知道是在什么样的形势下做出这样的要求。所谓外来人员，无非是那些前来走访的亲戚、下乡来的县干部，还有就是游走四方的手艺人、捕蛇者、卜算家，当然还有就是鱼贩子，那些与马厩岛建立了良好贸易关系的人，但他们好像都没有必要去乡政府报备。像我等游手好闲之辈，倒是非常希望能得到乡政府的优待。

朱海波想起来了，他问冯礼，你名片带了吧？

冯礼是见习记者，还没有记者证。他说，名片倒是带了。

朱海波说，有你冯大记者的名片，起码住宿不会有什么问题。

他对冯礼道，你想啊，有乡政府必有招待所。

冯礼大喜过望，说得是啊！弄得好还能凑上一桌海鲜。

朱海波说，生猛海鲜有什么稀奇？你知道这是什么地方？这地方就是出生猛海鲜的，你要吃青菜萝卜还办不到！

船已靠岸。那位兔子脸已率先跳了上去，这个人跑起来也像兔子,在海边公路上疾步如飞。来帮忙接货的人已经等在码头上了,场面很热闹的样子。但是上岛以后,这个世界又猝然静寂下来,只剩下风声和远处传来的渔船马达的声音。

一条石阶,把我们引入岛内。

路边堵着一条木船,有个渔民正在那里敲敲打打。近旁散落着与渔业密切相关的物件,铁锚、渔网、绳索、浮子。屋弄里堆积着蟹笼和插着浮筒的彩旗。不时有肩驮网具的渔民从旁经过。路极窄,我们一路闪让。越往里走,越是屋高路窄,每一块石头都像尚未风干的鱼鲞,腥咸而潮湿。这里常年台风肆虐,生存环境非常严峻,石屋都造得跟碉堡似的,窗开得极小,当地人还用旧渔网把屋顶罩起来,每块瓦片上都压上石,用来抵抗风浪的袭击。这样一个荒蛮之岛,应该没什么游客吧,万事都有例外,比如说我们。

我们经过一家烟酒小店,店门口放着一张破败不堪的台球桌。其中一个球袋里还留着一只双色球,像一个隐喻。它让我感叹良多,可以想见这个岛上曾经也有过年轻人的喧哗,现在却变成了店主堆放杂物的地方。听朱海波的表哥说,这里最鼎盛的时候,有三百多户,一千多号人。城市化让这里日渐萧条，有条件的纷纷在沈家门买房子，岛上唯独的一所小学被撤并，交通船也从一天两班变成了两天一班，马厩岛重归往日的荒蛮。

再往前走，遇到几个在阴影里闲坐的老头，他们张着嘴巴惊奇地打量我们，互相打听这是谁家的亲戚，他们没有找到答案，这个世界落在了他们的经验之外。他们的身后是一道驳墙，驳墙上面又是路，路边又是石屋，如此繁复，长长的石阶路，蜿蜒着穿过密集的石屋群，向着山冈挺进。

我说，我们这是上哪儿，真要去乡政府报备啊？

那两位笑死，冯礼感慨道，真是没有办法，别看我们一个个都像叛徒，可骨子里还是挺正规，见到组织都跟亲人似的。

我们渐渐走出了石屋群。前面传来一声接一声凿石头的声音。在一条岔路口，我们见到了一位老石匠，他正在凿墓碑上的一朵莲花。老头没有注意我们的到来，待他看到眼皮底下的三双沙滩鞋时，惊讶地抬起头来。老头说，你们是不是去水獭洞？

朱海波说，水獭洞？什么水獭洞，水獭洞好不好玩？

老头对我们打量了一番，不再吭声。

看样子，你如果对水獭洞一无所知的话，老头是懒得跟你搭腔的。

我们选择继续往前走，一只海鸟突然噗噜噜从芒草丛中飞出，消失在山坡后面。此时风澄雾开，视野空旷而高远，绕开那些东倒西歪的裸石，地被植物像草波一样涌向高处。一只淡粉红的薄膜袋，犹如《阿甘正传》里的那片飘浮的羽毛，悠悠晃晃地从眼前飘过去。我们已经看到了那幢孤零零的房子，我们还没有走到它的跟前，就感觉情况不妙。那幢楼跟我们在甲板上看到的，完全是两码事。在阳光的作用下，远远看去，它像一幢崭新的楼房，眼前却是颓废的墙、破败的木梯、断裂的窗棂，通过窗棂格子，我还看到一面仿佛附了阴魂的在风中颤动的锦旗。老式办公桌上有一只红墨水瓶倒毙着，洇在桌上的红墨水像一摊血迹，早已干涸。院子中央有一株雪松，几只草鸡在树底下周旋。墙上有两块显著的白，想象中的马厩乡党委、乡政府的两块木牌已经不翼而飞，一切都死气沉沉。

有人吗？朱海波喊了几声，回答他的依然是山冈后面不绝的风声。

我一看这情形，就知道一桌生猛海鲜已经飞走了。

冯礼一拍脑袋，他说对了，各地市都在搞乡镇撤并，马厩乡肯定被并掉了。

事情就是这样地不凑巧。后来我在网上查过，我们是七月份去的马厩岛,然而在三月份的时候它就被撤并掉了,和我们路过的那个麦仓岛并成了一个乡。

我们转到后面,发现坡下有一片平整的水泥地,那里有一排平屋,还有废弃的水龙头和水槽。可以看出那里应该是原来乡政府的食堂或者招待所。那里的门窗全都被卸走了,满地滚着黑色发亮的羊屎球。冯礼知道没戏,可他还在安慰自己,他说羊也可以,可以搞一个烤全羊。朱海波在那嘿嘿地笑,他的笑声在当时的环境里特别地怪异。我们屋前屋后绕来半天,一根羊毛也没有看见,倒是钻出一只小猫,尖啸着逃遁而去。

我们傻了半天,像三个孕妇都不约而同地听到了肚皮里的声音。

我们打回原路,来到刚才的那家烟酒店。

烟酒店老板有点面熟,应该在船上见过,台球桌上还搁着刚从船上卸下来的货。现在我们是他的顾客,虽然他的笑容还是有点潦草,但毕竟亲和了很多。

他问,你们是沈家门人吧?

不过他马上自我否定了。看着不像。他说,沈家门人不开国语。

我们笑了。可能是我的上海腔暴露了身份。冯礼因为家庭背景的关系，一直习惯说普通话，倒是朱海波一直在学我的上海腔。我跟朱海波说，别让他们觉得我们是上海人，我和冯礼说普通话，你说舟山话也行。朱海波说，好。

他们跟老板要了牛肉罐头、可乐和一些面包饼干，我要了一份泡面。老板过来把搁在台球桌的一箱饮料拿下来，好腾出地方，让我们在那里将就。

冯礼跟老板说，再来包万宝路。

老板说，没有。我这里有哈德门和红梅，要么你抽红塔山。

冯礼有点蒙，有点猝不及防，怎么可以没有万宝路呢，什么破地方。

我说你省省吧，上海红双喜怎么样？我抽着蛮好。

这个地方来来往往的人很多，他们跟店老板打招呼，并对我们表示适度的讶异。奈阿里来啦？朱海波说，沈家门啦。他们摇着头，迟疑地打量我们。

在场的还有一个来买烟的男人，他四十来岁，精瘦，一张黧黑的胡桃脸。他买了一包哈德门香烟，撕开，给老板拨了一支，又给自己点上。我发现他的一只手不太利索，不由自主地要收起来，像一把折叠刀似的。因为我们的出现，他没有马上走开，索性坐在角落里的啤酒箱上,一边抽烟,一边观察我们。

冯礼还在翻来覆去地看罐头,看上面的生产日期有没有过期。

凑合着吃吧。我说,这种地方就别讲究了。

老板递来一把生锈的脏兮兮的罐头刀,冯礼竟有些恐惧,连说,我有我有。

他用带来的那把瑞士军刀开罐头,用其中的一个小刀挑着罐头牛肉,塞自己嘴巴里细嚼慢咽。末了还拔出上面的一根塑料牙签剔牙缝。这似乎引起了哈德门的注意。

你这个就有点过了。我说,一把瑞士军刀也不值得你这么来炫耀。

冯礼笑,还是你了解我。

这时,走来一个穿裙子的女人,一边嗑着手里的瓜子,趿拉着人字拖,吧嗒,吧嗒。哈德门冲着她乐。那女人条好,就是有点哀怨相,笑起来倒也生动。

哈德门跟那个女的说,昨末夜里麻将统让你包了。

女的敷衍一笑,也就这么一回。

哈德门贼兮兮地凑到她的耳边,你手气这么好,昨夜里你下边没有穿三角裤吧?

放你娘狗屁!女的跳起来,又佯装要去追打他。

哈德门乐得不行，拍屁股走了。

我们听着蛮有点意思。老板也在笑，那女的说，你笑个屁呀！老板说，你家那位今末回来吗？女的说，明天回。老板说，我有数了。你有数个屁啊！她把刚嗑的一粒瓜子壳扔在他脸上。老板笑煞。她拿了一瓶腐乳，看到刚到的油枣，又要了一包。

记账的时候，老板朝她背后努努嘴，他说，你生意来了。

他们干吗的？

我哪里晓得，老板说，来旅游的吧。

这地方有啥玩的？女的嘴里咕哝着，回过来看我们，你们住宿吗？

朱海波立刻迎过去，住住，你是旅馆老板？

她笑了。我们这里的条件你们也知道，你们怕是看不上。

朱海波连忙表示，稍稍过得去就行，过得去就行。

女的说，那你们慢慢吃，我就在前面。人字拖吧嗒吧嗒走远了。

吃完，我们跟老板打听那个女人的名字。老板不禁吐了一下舌头，伊叫小乌贼，奈到前面打听一下。小乌贼，一听就是个绰号，而且令人玩味。我们似乎也不能拿人家的绰号去打听。冯礼说，我们都是有修养的人。我们往前走到一个地方，便听到身后有声音,哎,城里后生,你们走过头嘞。原来就是那几个老头闲坐的地方,她家在驳坎上,路边两层楼,因为是石屋,没有阳台,女主人就在二楼的小窗户里跟我们招手。屋外没有标识,其中有一块很低的石头,应该出自小孩子的手笔,极稚气地写着三个字:小旅馆。

女主人拿着钥匙下来,她把楼下的一间留给我们,外门开向路边,可独立出入。里面有三张床和一张小圆桌,没有电视,也没有卫生间,黑咕隆咚的。我看看冯礼,冯礼再看看朱海波,他的意思是,你把我们叫来,就这个条件?

朱海波心里想的是,得亏还有旅馆,满口应下,好的好的。

女主人告诉我们,她丈夫在船上,儿子在沈家门读书,不过马上回来了,因为学校就要放假了。她说这里平时没什么人,夏季的时候,岛上的人才一点点多起来。

问到食宿价格,女主人有点绕嘴,反正啊,海岛就这个条件,你们城里小老板,平日里都阔手阔脚的,在我这儿,还在乎那几个小钱呀?

我们听着总觉得哪里不对,但也无可奈何。

房间里浮尘满地,里面有一股咸腥味,凉席上也是,摸上去有沙子般的颗粒感。看样子,女主人也是刚来不久,她家在沈家门有房子,两边跑,过着候鸟的生活。我们把凉席扒下来,到外面抖了又抖,然后用湿毛巾擦拭了一遍,又把毛巾泡在一脸盆的肥皂水里。当时,我倚在门边抽烟;冯礼拿着那块毛巾,闻了又闻,心里终究过不去,跑去店里买了一条新毛巾;朱海波拿着他的微型望远镜东看西看。这个岛也就这副鸟样,而铁壳船要等到后天中午才能来,当时大家的心情反正都挺落寞的。这个时候,朱海波在望远镜里看到了什么,快快呼我和冯礼同享。冯礼抢先夺过望远镜,哈哈笑了两声。他一直霸占着望远镜不放,轮到我的手里,只看到很快就消失的三个年轻女人的背影。她们看上去一副外地人的模样,她们胆子也贼大,这种地方也敢来。那么留给我们的问题是,她们住在哪个旅馆?

冯礼说,她们好像到海边去了。

马厩岛的海湾,一边是峭壁开采出来的交通码头,另一边是小丘陵,岸海之间有一条水泥路,沿途是近岸礁石和碧蓝的海,还有并肩的摇晃中的渔船,和远处闪耀的灯塔。有人摇着泡沫筏,向摇晃中的船只靠近。有人拎着钢刀一样闪亮的鱼迎面走来。顶着花毛巾的渔家女在自家船上收拾。采螺归来的人挑着绿网兜大步流星。这是马厩岛一天的收场时刻,山坡人家端着饭碗好奇看着我们。我们走到哪里，总有人侧目而视。

我们遇到了一个身着黑色橡胶潜水衣的跛子，他向我们兜售他刚刚采来的贻贝。看样子，他好像刚从海底世界径直走到我们的面前，两只黑色的蹼子还拎在他的手上。后来知道，这种潜水服，连同采集野生贻贝的人和行当，当地人都叫水乌龟。我们讨价还价，要了三斤，这让水乌龟极轻蔑地瞭了我们一眼。

我们没有看到那三个女的。殊途同归，我们也可以从前面绕回去，兴许还能碰上她们。路盘旋而上，山坡上也都是房子。屋弄里传来推倒又重来的麻将牌的声音。冯礼说，这个地方好，警察来抓赌，恐怕还没有上岸，这里的人早已看到了海上的公安快艇，等警察快快上岸，他们早就收摊了，统统都是循规蹈矩的良民。这样嘻哈说着，在一个拐弯抹角的地方，意外地看到了一块马厩村委会的牌子，那里门窗紧闭，只见老式写字台上放着一架电话机，它被放置在一个上了锁但又不妨碍接电话的木匣子里。这可能是马厩岛跟外界唯一的联系方式。我的脑海又浮现那个长着兔子脸的男人。

晚餐是和女主人一块吃的。我们把餐桌端到外面来，女主人给我们备了酱螺、虾干、红烧比目鱼、土豆咸齑汤，还有我们刚买的野生贻贝，另外又去买了两瓶啤酒。男主人不在。她说或许明天你们能够见到他。我们由贻贝说起刚才碰到过的那个穿潜水服的跛子。女主人说,你们别看他残疾,水性极好,他回到海里,比一条鱼还要灵活。这段话令我印象深刻,我无法提前预知的是,我们与水乌龟之间,后面还会有更深刻的交集。不知道为什么,我们没有跟她提起那三个年轻女人。只是问她,这里还有没有其他的旅馆?她说,有人来,家家都是旅馆,连个客人的影子都没说,开个鸟。我们以为自己听懂了。朱海波故意用筷子不停地掏弄着贻贝里面的那团带草的肉,你看它像什么?我给了他一个眼色。不过,老板娘还是先笑了。

  天色渐暗,路边没有灯,老板娘准备的一盏马灯只能照亮桌上的两个酒瓶子。她不陪我们,吃完搓麻将去了。我们还坐在那里聊天。这时候,冯礼的寻呼机响了。他看到一个熟悉的号码。放在两天前,现在正是我们几个呼朋唤友的时候。冯礼说,谢霆锋的个人专辑不知道哪里买得到。朱海波说,香港回归了,我们是不是随便去啊。冯礼说,怎么可能。我喝了大半瓶啤酒,感觉刚刚好,眼睛里还有点小迷茫,看着下面屋弄里的影影绰绰的灯光,看远处的海面上,有一抹极明亮的光带,映着一条归途中的小船。

山雾缭绕。尽管是夏天,海岛的早晨还是有点凉意。我在外边刷牙,对面屋后的芒草丛里,突然钻出一个人来,麻利地提着裤子,看到我,落荒而逃。

吃罢早饭,朱海波建议去水獭洞走走。听女主人的意思,那只是一个村庄的名字,也不是动物的那个水獭,而是水塔村。至于水塔洞,她也没有见过,它差不多就是一个传说,说那里潮水奔流,日夜吞吐,台风之前还能发出怪异的声音,在没有气象预报的年代里,村民们可以据此做出台风来袭的预判。

女主人说,除了石匠夫妻俩还住在那儿,水塔村已经没有人烟了。

我们出发,当地人向我们行注目礼。问题出在朱海波身上,他还拿了主人的一个加强版的手电筒。我跟他说,手电筒就不必了,或许根本就没有什么水塔洞。他非要带,明晃晃的太阳底下拿着一只手电筒,授人以柄,昭然若揭。

走到那个岔路口,未见老石匠的身影,空余一堆石头。

我们沿着那条分岔的小道,走到高处,在路边看到一个山体碉堡。有一个小台阶,从侧面深入它的内部。从紧贴路面的瞭望口,可以看到方圆数十海里的动静。里面有股子尿骚味。战争远去,它事实上成为乡间小道上的一个路亭，起码可以在这里痛痛快快撒泡尿，留下一段意淫文字，比如某某人的老婆其实是个烂婊子，诸如此类。我们好像不经意看到了这个村庄最隐秘的一页。

这时，外面有细碎的脚步声由远及近。侧耳细听，冯礼说，花姑娘！

里面空间狭小，瞭望口又贴着地面，我们只看见三条裙子。

她们走到那个地方停住了，她们说，咦，他们人呢？

我们出去侦察了一下，不出所料，正是我们在望远镜里看到过的那三位。她们说的是普通话，这与我们之前的判断也是吻合的。

哈啰。

女的一看是我们，互相看了一眼，然后扑在那里笑。

你们是昨天刚来的吧？

是啊，你们咋知道？

你们是外地人嘛，这里哪怕飞进一只苍蝇，都逃不过他们的眼睛。

我注意到对方说的是他们。还有，我们是外地人，难道她们不是？

朱海波说，你们也是来玩的吧？

没有应答。这个问题似乎让对方陷入了困难。她们面面相觑。

这时，冯礼朝她们做了一个摁相机快门的假动作。

她们在镜头面前还有些羞涩。三个年纪都很轻，虽然相貌平平，但她们的青春气息也蛮打动人。从她们的举止、稍显过气的穿着打扮以及对照相术的兴趣上，我隐约感觉到她们的乡村背景——我不知道，朱海波这时候把我说成是中学老师，是否也是基于这一点。

有一个叫三妹的问我，你真是老师？

看得出，她对老师有特别的信任和期待。

我嗯了一声，我显然不能说不是。我说，你们从哪儿来啊。

贵州。她们怯生生的，似乎说出来，就会透露出什么秘密。

哎哟，冯礼说，你们够远的。

不知道为什么，这个遥远的地名似乎印证了我心里的预感和不安。但是，我依然没有猜到最后的结果。当时大家都开心的，旅途中遇到同行者，总是一件幸事。

她们当中，数三妹年纪最小，她是一个机灵鬼，特别会笑。三妹介绍她旁边那个梳马尾辫的，叫花花。花花稍有几分姿色，也很文静。我注意到她的马尾辫上,系着黑蓝相间的花式猪大肠发圈儿,和昨天船上一个男人套在手腕上的东西是一样的。也许这只是一个巧合。另外一个肥嘟嘟的矮个女孩,她的脸好像没长开的样子,三妹说,这个小坏蛋,我们都叫她小肉包。

好像眨眼之间,故事就开始了。朱海波从口袋里摸出一颗糖。他有低血糖,口袋里经常带着糖,他把糖单单给了身边的三妹,三妹剥开来,还看了他一眼,慢慢塞到嘴里,这其中的甜蜜让她的笑容格外动人。不知何时,三妹已经悄悄抓上了朱海波的衣袖。她问朱海波是做什么的,我在一旁信口胡诌,我说他呀,著名流浪诗人。朱海波回头冲我笑,他的笑里已经有了秘密。三妹特别期待地看着他,他便咳嗽了几声:啊,大海啊,你全是水,蛤蟆呀,你四条腿。

她们乐不可支,尤其是三妹,笑得岔了气。

冯礼真是一个人精,他不想暴露自己的记者身份,连忙介绍自己是乡镇企业的推销员,推销的是菜刀。冯礼比画着两个掌片子,在花花边上磨刀霍霍:小姐啦,要不要买菜刀啦,我的菜刀很好用的啦,不相信可以在脖子上试试看的啦。花花在那里配合着尖叫。

三妹说,水塔村有一个水库,我们去那里摇船玩吧。

她这话好像只是对朱海波说的，其他人似乎并不在此列。朱海波回过头来看我和冯礼，但是他很快让三妹拉走了，消失在前面的小树林里。

冯礼说了句上海话，册那！

我们正在下坡。小肉包跟我走在一块。她一直管我叫老师，我也不便澄清。马厩岛确实不像我们想象得那么小，据说以前有三四个村庄。我们经过的那个地方，仿佛是史前巨石阵的遗址，全都是巨大的裸石，非常像现在游戏里的一些场景。脚下的那条土路沿着海岸线一直向前蜿蜒起伏，路两边都是芒草，海面上的光斑在草叶间不停地闪烁，前面的人已经看不到了，刚才还听到冯礼和花花在前面说话，现在只有风声簌簌，还有海面上寂寞的马达声。

我看到了水库。从我的角度看过去，水库与大海之间的村庄被折叠了，水库和大海似乎处于同一平面，映着蓝天白云。微风轻拂，水面上泛起阵阵涟漪，这真是一个美丽的景致，一切都挺好。朱海波已经跳到船上去了，还没有等三妹上去，船已经漂开了。他完全不得要领，小船越漂越远，他开始担心自己是否还能回到岸上。三妹让他把缆绳抛过来。这时候，冯礼最开心了，他一点都不掩饰自己报复性的狂笑。

那天，太阳酷热，我们躲在水库近旁的小树林里，朱海波和三妹隔着一棵树依偎着，冯礼正在跟花花密谈，而我和小肉包像路人甲似的绕着圈子。有一个细节，我一直记得，三妹将朱海波的手拿过去，在他的手腕上画了一只手表。她画这个手表的时候，周遭很安静，空气里似乎弥散着甜品店的味道。这个情景非常地打动人，看得我和冯礼醋意十足，虽然我们未必愿意让她也在手上画一个，但画在别人手上就是不行。冯礼又说了句，册那。

这时候，花花的手指进了一枚刺，冯礼在帮她看，他让她别动，花花的手指让他捏得通红，脸也跟着红。我开始深刻怀疑那枚刺的存在。冯礼说好了，花花果然也不疼了。冯礼握着人家的手不松，翻过来把它掰开。冯礼说，我给你看个手相吧。

花花吃惊地看着我，似乎所有的答案都在我这里。

冯礼说，我在你手上看见了两个男人。

我记得这是法国电影《最后一班地铁》里男主角的一句台词，台词是这样的：我在你身上看见两个女人。冯礼对三妹说，我在你手上看见了两个男人。

花花的脸立刻苍白如纸。

她吃惊地看着冯礼。冯礼不知道自己捅了什么娄子，两只手慌得没地方搁，他表示自己只是开了个玩笑，胡说的，一定不要往心里去。Sorry。

这时，小肉包说了句，你们不知道，我们是被人贩子卖过来的。

石破天惊，空气在这一刻凝固了。我们极度震惊。

冯礼无比惊骇道：你们是被卖到这里来的？

小肉包倒是一副无所谓的模样，是啊，我们来这里已经大半年了。

冯礼再看花花，花花点了点头。

很难想象我当时听了的感觉。以前这样的新闻也见过，我知道它们都确凿无疑地发生过，就是有什么愤慨的话，也很快烟消云散。但是现在不一样，眼前的这个事情就发生在眼皮子底下，当事人就在边上，我内心的震惊无以复加。有那么一刻，好像所有声音都被抽空了，我听得到太阳穴两边跳动的声音。我有点蒙。

三妹还在给朱海波画手表，她正在画表带，她的圆珠笔绕过去，看到了朱海波手腕后面的疤痕。朱海波把手挣脱了，他问三妹，三妹说，是啊，我们都被贩卖过来的。

朱海波无法相信眼前发生的事情，他的声音里有些哆嗦。这不对，这不对啊！

他看看冯礼又看看我,这不对啊,天底下怎么还会有这种事情?

我跟小肉包说,你们有没有报警,你们逃啊。

你以为我们不想。小肉包斜我一眼说,没有用的。不光是我们的婆家,整个岛上的人都死盯着我们。有一回我们都已经逃到船上去了,但是他们不让船走啊,我们想不明白,船为什么不走?为什么要听他们的?直到我们被拖出去为止。

冯礼说,这世道,还有没有王法了?

我还是第一次感受他的平静语调里少见的盛怒之下的战栗。

水塔村就在水库下面,那是一座石头的堡垒,一座空城。部分石屋还保存完好,门都被堵得死死的,仿佛原住民还要回来的样子。穿过村庄的过程,就是下坡的过程,我们在这个村子里走散了。我和小肉包在一户人家的门槛上坐下来吹风,身后是残垣断壁,当年的虎面咒符还留在门楣上,在风中发出细碎的声响。从那里可以看到海边,还有冯礼朱海波他们像打地鼠一样偶尔冒出来的身影。

最初的震惊,开始像退潮一样在我心里慢慢退去。我眼前老是浮现那个黑蓝相间的花式发圈儿。船上那个男人长得很排场,如果忽略掉他的生活背景，我想他一定很讨女人的欢心。他不停地去捋手腕上的那几个漂亮发圈儿，咧着嘴角笑。我不能确定他是否就是花花的丈夫。这个有点恩爱色彩的小插曲，似乎也不符合我对人口贩卖的一贯认知。在我的认知里，人口贩卖必然充塞着暴力与毒品的双重胁迫。我不知道，她们当初是如何被人拐走的，又是如何来到这个岛上的。

我问小肉包，你家先生他欺负你吗？

我忽然意识到"先生"一词不当，不过她也没在乎。

她说，你是不是觉得，只要他不打我骂我，我他妈的就应该待在这个破地方？

我辩解说，那当然不是。

她说，我太亏了，我他妈的年纪轻轻就结了婚，跟一个他妈的窝囊男人困死在这样一个破岛上，我的青春就这样泡汤了，我的生活本来不应该是这样子的，我还没有看过花花世界，我他妈的应该去过自由自在的城里人的生活。

她嘟嘟囔囔地说个没完，我听着感觉有点不对，好像她只是对一个失败婚姻的抱怨。说实话，我也不喜欢她说话的样子，脏话连篇，只有一些糟糕的情绪发泄。还有，她实在是太胖了。我不得不承认，颜值与正义感在这个时候是成正比的。

我一直以为自己仅仅是旁观者和聆听者,这件事确实令我震惊,也给予了极大的同情,但是事情在发生一些微妙的变化。我才明白过来,她们早就注意到了我们,她们是来求救的。当时,我和冯礼就愣在那里了,我们吓坏了。我们没有想过,这里面我们还要承担点什么,我们也没有这个能力。

　　我和小肉包继续往前走,这个地方的路和房子都是串联在一起的,走着走着,就走到房子里来了。这是一个七八成新的房子,墙还很白,火灶里还有未烧尽的柴禾。这个房子似乎没住多少年,就被废弃掉了。他们造这个房子的时候,肯定是怀着对新居生活的向往。但是好像发生了始料不及的变故,抑或是这个急剧变化的时代在这里摁下了暂停键。比如马厩小学撤并到大岛上去,为了孩子读书,他们也必须搬到麦仓岛上去。诸如此类的事情,在旁人是谈资,在他们就是一根最后压垮他们的草。我注意到墙上有一个小涂鸦,是孩子用毛笔勾画的一个非常简单的图案,我看出来,画的是小鸟。这非常击中我的内心,感慨万千。

　　始料未及的是,小肉包突然把我抱住了,她说李老师,你要救我。

　　我说,你别这样,我们回头再商量。

　　她越抱越紧,抱着我不撒手。她哭了。

说实话，我的感觉很糟糕。我说你别这样，这样不好。

正说着，忽然屋后传来什么声响，有一个瓦片被踩碎的声响。我立马把小肉包甩开，直奔屋后，后面也没看到什么人，只看到一阵草叶的慌乱。

我有些吃慌，我说，我们走吧。

他们都在海边，小码头差不多已经溃塌了，栈桥下长满了藤壶。

我看到朱海波的时候，他身上多了一样东西，那是一只从废船上拆下来的舵轮，文化人都喜欢这个破烂玩意。朱海波说，挂我书房里挺好。我说别人的东西，你去动它干什么。他说，我捡的呀。我说，当地人会看你难看的，虽然他们扔在路边，但并不意味着，你可以随便拿走。他身边的三妹说，没事的。好吧。我也不说什么了。

冯礼看到我，把我拉到一边，他问我，你刚才看到那个老石匠没有？我说没有。冯礼说，这个老家伙好像在暗中监视我们。他这一说，我就明白了，形势陡然严峻。所以他的建议是，无论如何让三个女的先回去，我们不能再跟她们回去，太过注目。我说，好。

当时冯礼找了一个很好的理由，借口要到海里游泳，让女孩们先回去。

她们不肯走。三妹说,我们看你们游泳不好吗?

冯礼斜着脑袋,小眼神阴邪地贴着人家,裸泳啦,你也要看吗?

他本来是想吓唬对方,但是没吓住,小肉包又跳出来,不脱是孙子!

冯礼好像被刺激到了,说着就要扒自己的衣衫。朱海波赶紧把他拉到一边,你有病啊你!冯礼说,你他妈的才有病呢,把我们哄到这种鸟不拉屎的地方来。朱海波气极,嘴唇发抖,说不出话来。这时,冯礼犯了一个错误,他把烟圈慢悠悠地吐到三妹的脸上,朱海波觉得某种神圣的东西被他冒犯了,他扑将上去,我赶紧劝架,又及时充当了那个虚拟的中学教员的角色,好说歹说,总算把三个贵州女的给劝走了。

冯礼对朱海波说,我是流氓,我把脸撕破给人看,你装什么正人君子,好像你能把人家救出苦海似的,狗屁!朱海波还在情绪上,他扔掉那个舵轮,上去就给了冯礼一拳。冯礼说好,很好,像是你朱海波的风格。他并不着急起身,鼻子流了血,自己拿餐巾纸堵上。他跟朱海波说,路上你念的那首诗不对,你应该念这首:I love three things in the world, sun, moon, and you, sun for morning, moon for night, and you forever。浮世万千,吾爱有三：日、月与卿。日为朝，月为暮，卿为朝朝暮暮。

说罢大笑。

朱海波拿着人家的那只舵轮，一路上还骂骂咧咧的，贵州女的故事让他难以消化。都已经快到旅馆了，他还在嚷嚷，都什么年代了，怎么还会有这种人口贩卖的鬼事。一个刚走过去的渔民回过头来看看他。我说，你少说两句啦。我总觉得这是别人的地盘。朱海波听不进去，一时还刹不住，喉咙痒得厉害，讲讲有什么关系？

女主人不在。本来以为我们会很晚回来，没让她安排午餐。三人各吃了一碗泡面。吃泡面的时候，冯礼很专注地观察了朱海波手腕上的那只表，看得朱海波都不好意思。风水轮流转，曾经让我和冯礼平生嫉妒心的这只表，已然成了一个可笑的话柄。冯礼想笑，笑没有出来，倒让泡面一口呛住，让他打了几个响亮的喷嚏。冯礼的鼻孔里还塞着纸团，这个喷嚏让鼻腔里的纸团像子弹一样射了出来，他捡起来看了看，又扔掉了。他给自己点了支烟，烟雾再次从他的通畅的鼻孔里出来。

朱海波后来一直在水龙头底下洗手腕上的那只手表，肥皂擦了三遍，但依然没有彻底抹掉。刚才他还沉浸在三妹的爱情里，转眼间三妹变成了别人的老婆，这个打击是巨大的，我不知道，这时候他是急流勇退，还是英雄救美。

他洗完手进来说，我们总不能袖手旁观吧？

冯礼说，那你说咋弄？要不要派架直升机来，把她们接走？

虽是风凉话，但也深刻地揭示出我们所处的困境。冯礼说，她们自己逃过好几回，都没有逃掉，难道我们多长了一对翅膀吗？冯礼说，事情没有我们想象得那么简单，似乎也不能完全等同于人口贩卖。其实女方是知情的，家里也收了彩礼。花花跟我说，带她们出来的那个女的也是从贵州嫁过来的，她在这里生了孩子以后，获得了相应的自由，回了趟贵州老家，然后又带了一帮女孩出来。那三个女孩来之前就知道有这么一个岛，她们都没有见过大海，以为是什么神仙地方。来了以后，她们被囚禁在这个岛上，起码在生下孩子之前是这样，这也是逾越法律红线的地方。但如果马厩人不这样做，煮熟的鸭子就会飞走。

朱海波说，她们不是鸭子，是跟我们一样活生生的人！

冯礼说，你这种廉价的愤怒有个屁用！

朱海波怒斥冯礼，我最瞧不起的就是你这种知识分子的懦弱！

冯礼无声地笑了。也许朱海波是对的,我只是觉得自己是个弱鸡,屁用没有。

朱海波说,反正我不能装作啥事也没有发生,我内心过不去。

冯礼给他递过去一支烟,他说,其实我们又何尝不是呢?只是形势太过严峻嘛,我们也没有这个能力。如果你有什么想法,我们听听看。冯礼看我,我连忙说是。

我们围坐在那张小圆桌旁,气氛陡然有些紧迫。朱海波画了一张草图——他美院没考上,最后分配到皮革化工厂,所以他在画这张图的时候,显然有炫技的嫌疑。在他的笔下,马厩岛的地貌得到了生动的描绘,他还标示了前后两个村庄的码头。他说想办法弄条船,让三个女孩半夜逃出来,然后趁着风高月黑,我们到水塔村码头秘密接应。冯礼又笑了,他捂着嘴,怕刺激到朱海波。可能连朱海波都觉得荒诞得不可能,他又说,要么半夜破门,去村委会打电话报警。冯礼提醒他,村委会的电话锁在一个木匣子里——还有,村委会能不知道这种事吗?连你在船上碰到的那位麦仓乡宣传委员也一定心知肚明。

如此再三,最后说下来,都落入无法实现的虚无里。虽然都是空头支票,但我的紧张情绪是真实的。开始门还哗啦啦开着,我去把门关上,还往桌子上放了一副纸牌,并且打乱,怕突然有人闯进来,我们好以打牌的名义掩护。门一关,气氛就来了,三个人压着嗓子说话,像是在一个装有窃听器的房间里谈一笔可卡因生意。

下午四点,我们听到山上喇叭响了。这个喇叭,平常除了上午短暂的新闻和一些零星的通知,通常不会响。现在它开始不停地播报台风消息。听到广播,朱海波像土拨鼠似的竖起脑袋来,舟山人都是风的使者,他太明白我们面临的是什么。他说,看样子明天的船可能会停掉。冯礼大惊失色,我心里蹦出两个字,完了。我们草草收场,门大开,一屋子的烟。外面如常,没有任何台风来袭的迹象,连对面的芒草都没怎么动。

一个钟头后,老板娘回来,她证实了这个坏消息。她笑道,老天爷留客了。

如果明天没有船,第三天台风肯定到了。台风一来,不知道猴年马月才能离开此地,一想到我们还有如此阔绰的时间滞留在此,内心的沮丧无以言表。

吃晚饭的时候,我们都没怎么说话。老板娘不经意问了一句,你们上午是不是和三个贵州女的在一块?这句话立刻引起了我们的警觉。冯礼说没有,只是路上碰上而已。朱海波的狗情绪又来了，我按下了他的蠢蠢欲动的胳膊。

老板娘爽朗地笑了，她笑得意味深长。我们也不好再问。

我们真正关心的是明天的船班。饭后我们去海边溜了一圈，海边一切如常，并没觉得有什么异常，傍晚的海面像湖面一样平静。我们问了几个当地人，他们都说明天不可能有船。他们这样说，必有往日的经验作底，只是我们不肯死心而已。

在海边，我们还碰见了三妹和小肉包。我们无耻得有点回避的意思了。三妹还把朱海波拉到一边，说了些什么，我看朱海波是浑身地不自在。

回来以后，冯礼一直在桌边洗牌。他说来呀。他说的是一种叫沙蟹的纸牌游戏，也叫梭哈。这个时候，三个贵州女人带给我们的震惊，其实已经削弱得差不多了，连朱海波也不再提起。我们更关心明天有没有船。纸牌游戏很快消解了我们内心的焦虑。好像要在这里待这么多天，有点万事不必着急的意思了。我赢了些小钱。

晚上七点多，马厩岛就已万籁俱寂，不搓麻将的人都已经睡下，只有芒草在风中发出细碎的声响，若有夜兽奔袭。天气热，我们的门一直开着的，偶有晚归的村民在外面经过。当时马厩岛的供电到晚上九点结束。它熄灯的过程是这样的,一开始显得电压不足,闪烁不停,里面的灯丝还不时地制造出死灰复燃的假象。最后彻底陷入黑暗,又慢慢地,随着我们瞳孔的放大,周遭世界的边边角角才一点点显现出来。当时我手里拿着一对A呢。我哪里肯放过这个机会,冒昧去敲女主人的门,里面应声的却是她的丈夫。我们一直没见过他,但我们能够从女主人给他预留的饭菜里,还有莫名的楼梯声响,得知他的存在。他从门里面伸出一只手来,递给我两根蜡烛。虽然蜡烛都只有半截,好歹有了光,那晃动的火苗把我们背后的影子勾画得高大而惊悚。

冯礼坐在里角,正好冲着门。玩了会儿,冯礼说,门外好像站着一个女的。

从黑暗里浮出一张脸来,我一看是小肉包。是你啊,快进来快进来。

她也不客气,插在我和朱海波中间,她还叫了我一声老师,我心里五味杂陈。

她冲发牌的冯礼说,来,给我也发一手。

冯礼说,我们都是赌博分子,不好腐蚀无知少女。

小肉包说,你才无知少女。我要来,你们肯定玩不过我。

哟,冯礼的眼睛一亮。他看我,好像走了趟水塔村,我就是她的监护人似的。

小肉包确实出手不凡，极善诈唬，空手套白狼，我一对皮蛋败下阵来。

正玩着，门口又多了一个人。我回头一看，是哈德门，心里一惊。

你怎么来了。小肉包说，你他妈的跟踪我？

我猜这位就是小肉包的老公，连忙请他进来。哈德门没打算进来，站在门边，鼻孔里喷着酒气。屋里微弱的烛光映着他一脸的浑浊。他打量里面的人，主要是观察我。我嬉皮笑脸地赔小心。这时候朱海波从里角直接跨出来，他人高马大，像个螳螂似的，拍遍口袋，连忙给哈德门敬烟。我简直看呆了，那他一天来的出离愤怒又是哪门子事嘛。

哈德门毫不客气地把烟打掉了。我们一看这阵势，都有点蒙。

他斥问小肉包，你在这里干什么？给我回去！

小肉包哼了一声，哪里用得着你来管我！

我们一听，傻眼了，这画风不对啊，小肉包的嚣张气焰完全压哈德门一头嘛。在我们看来，哈德门应该上去给她几巴掌才是嘛，但是没有，看哈德门憋屈的样子，看样子是被小肉包拿捏惯了，与烟酒店门口碰到的那个哈德门判若两人。

小肉包说，我现在没空理你，我要打牌。她朝冯礼说，你他妈的发牌啊。

冯礼说，这样不太好。

哈德门走了。走之前极鄙夷地扫视了我们一眼。我们哪里还有心情玩牌。我们赶紧劝小肉包，这样不好，你也回去吧，你老公已经不高兴了。

小肉包说，他不高兴有个屁用！

我们心里又是一惊。

第二天一早，被朱海波的歌声吵醒。朱海波有早起的习惯，他在外面吼了一嗓子，他是沙喉咙，唱的又是摇滚，鹿港小镇。台北不是我的家，我的家乡没有霓虹灯，鹿港的街道，鹿港的渔村，妈祖庙里烧香的人们。我们知道歌词，搁别人，完全是一笔糊涂账。冯礼冲着敞开的门说，你唱屁啊，人家还以为你在念经作法呢！

等我出来刷牙，下面几个老头已经议论纷纷，其中有一个老头说得特别起劲，他指着我们说，奈犯关滴雷！我心里一惊。朱海波跟我说，他说我们闯祸了，昨天夜里有一对夫妻因为我们吵得不可开交，然后老头又说他家老婆怎么泼辣，把她男人的脸也挠破了。我们听得出来，这大致就是小肉包回去之后发生的一场家庭战争。我感觉非常不妙，总觉得有什么事要发生。菩萨保佑，但愿上午有船，让我们早点拍屁股走人。

马厩岛

不管有船没船，我们总要做好离开的准备。这方面朱海波有经验，他说我们到海边去候着，交通船不来，万一有渔船要赶回沈家门也说不定，我们可以搭他的船去。我和冯礼深以为然，连忙打点行李。吃罢早饭，朱海波跟老板娘说，我们还是把账结了吧，如果没有船的话，我们再回来。老板娘笑了，她的笑容里的隐秘部分为我们所未知。不出所料，老板娘果然春风满面地狠敲了我们一笔竹杠，然后优雅地告诉我们，这顿早餐算我送你们的。我们认栽，万一没船，还得乖乖回来不是。

在离开之前，我们检查了所有可能遗漏的地方，我提醒冯礼，尤其不要把你的名片落下。他总是在要记点什么又找不到纸的情况下，把名片当便笺。冯礼哦哦。好了，我们走了，一路下来，都有人侧目相送，一边细声议论，他们很奇怪，今天不是没船吗？

我们经过一口水井，在那里遇到了三妹。事情坏就坏在这个地方。

三妹正在洗衣服。她跟我们打招呼，她说你们这就走啦，今天不是没船吗？

朱海波说，我们去看看，可能有渔船要去沈家门也说不定。

三妹哦的一声，仿佛若有所思，我们也顾不上那么多，匆匆与她道别。

当时我们完全蒙在鼓里，实际上三妹一听有去沈家门的船，立刻扔下洗衣盆，跑去跟另外两位通风报信。花花说她刚有了身孕，不肯走——这似乎跟我前面的猜测是一致的。三妹和小肉包连忙预备现金和衣物，准备行动。她们的慌张，引起了婆家的警觉，她们很快被家人控制。然后，那两个男人猛虎下山，找我们的麻烦来了。

我们没有问到船，问了几个船主，都爱答不理。他们也不去沈家门。看上去风也不是很大，但海面已经有点荡漾的意思了。我们至少要等到十一点以后，才能知道那艘铁壳船最后来不来。我们知道船不会来，但时间还没有到，在它成为一个巨大的事实之前，我们还怀有一丝希望。我们三个人聚坐在一块大礁石上发呆，全然不知凶险的来临。

身后有人在叫我们，他就是昨天在海边见过的那个水乌龟。我们在他手里买过三斤贻贝。他虽然是个跛子，但长期在深海采集野生贻贝的生涯让他臂力过人，他很魁梧。他问我们，你们是不是要去沈家门？我们说是的是的。他的话听上去有点含混不清，似乎还掺和着我们所未知的危险情绪。这都是事后的结论，当时我们完全没有警觉。他每天开着船出去采集贻贝，我们知道他有船，他要捎我们去沈家门，开心都来不及。水乌龟挥手道，你们跟我来吧。我们闻之大悦，连忙上岸。水乌龟叫我们跟他去，却不再回头看我们一眼，他走路很冲，甩着他那条病腿，勾着脑袋在前面晃。冯礼跟在最前面，朱海波次之，我落在最后。朱海波把他的从水塔村捡来的宝贝舵轮给落在礁石上了，我又过去替他捡回来。我在后面叫他，你他妈的把你自己的东西拿去，他回头看看我，并没有明白我在说什么，他太迫切了，他个子太高，走起路来有点晃，衣袂飞扬。

　　水乌龟走到一个地方停住了。那个地方是码头附近的一个开阔地。有几个人站在那里。我看到了哈德门，我心里想坏了。水乌龟故意把我们引到那个地方。这时候他回过头来，脸上布着奇怪的笑，他已经拉开决斗的架势，眼睛里面闪着凶光。他说，你们为什么要拐走我的老婆？马厩人都习惯吼着说话，隔这么远的路我也听得到。是的，他说的是拐。你为什么要拐走我的老婆。冯礼连忙摆手，说没有的事，完全误会了。还没等他把话说完，几个勾拳已经把他打翻在地，血流出来了，墨镜也碎了。可怜的冯礼趴在那里检查自己的相机，这是他最担心的事情。这时候，他的相机突然从他手里飞走了，它被踢到海里去了,它先是落在礁石上,反弹起来,化成许多碎片,在海里激起一点小小浪花。可以想象冯礼内心的绝望。然后是他的帆布包,我看见一个漂亮的弧度,帆布包在空中翻了几个跟头,率先掉下来的是他心爱的瑞士军刀,我看到许多名片,在空中飞舞,洋洋洒洒。冯礼从地上捡到一张自己的名片,他大概想把这张名片塞给水乌龟,让他看看,我是一名记者,不是他们想象的坏人。还没有等冯礼站稳,他又受到了另外一个人的袭击,这个人就是哈德门,飞起一脚把冯礼踢翻,嘴里还骂了一句,奈阿麻卵泡!

眼前的场景把我吓坏了,当时我只有一个信念,我们不能还手,至死不能还手。我看见朱海波大力甩着他的牛仔包,迎上前去,我叫他的名字,我心里在想不要,不要啊。他只是凭他的热血偾张,炫耀他实际上并不拥有的战斗力。我们根本不是人家的对手,他们长期户外作业,比我们强壮太多。此时,水乌龟和哈德门扔下冯礼,穷凶极恶地向他扑来,找死啊!水乌龟一把扯过朱海波的衣领,冲着他的脸就是一拳。朱海波猛然摇晃了一下,他没有倒下,他踉跄着退到山边,哈德门大吼着,横着脑袋向他胸口猛烈撞去,我看到朱海波像橡皮人一样弹跳了一下,血顺着他的嘴角浸出来。水乌龟又把他拎回去，把他抡起来再往地上甩。在他的重击下，朱海波像一件在风中凌乱的衣服，终于不支，飘落在地。水乌龟仍然没有放过他，揪着他的脚脖子在极粗粝的砾石路面拖过去，我在心里发出阵阵哀叹，哎呀，这可是梦特娇，一千多块钱的梦特娇啊。朱海波没有想到，他在三妹那里得到的点滴幻想，却要在水乌龟那里加倍偿还，水乌龟对此了如指掌，老石匠的绘声绘色犹在耳畔，他要置朱海波于死地。朱海波已经被打得求饶了，他跪下了，阿舅，饶了我吧阿舅。这个可怜的兄弟，他的父亲在他童年的时候就死了，他的所有的亲戚都来自母亲那边，一声接一声的阿舅，让水乌龟像一个胜利者一样笑了。你在叫我什么，他奇怪地笑了起来。

当时，我有过逃跑的念头。我早早丢掉了朱海波捡来的那个舵轮，我不想激怒本地人。他们哪怕扔在地上的东西，也不归外人所有，它跟我们没有关系。我把我的包也扔在路边，那里边还有半块面包。我希望回头还能找到它。我不知道朱海波的望远镜还在不在，几乎所有像样的代表城市文明的东西都被他们抛到海里去了。我的腿开始不由自主地向后撤退，我已经朝着相反的方向大步流星。这只是我的想象。前来助阵的水乌龟从后面锁住了我的脖子，动弹不得。哈德门的两只小眼睛挑衅地看着我，他肮脏地笑了，怎么听说你是老师？呸！他往我脸上吐了一口痰，这个动作格局小了。我这才看到，他的那张脸，昨天晚上被小肉包给挠得凶啊。我知道，他连杀我的心都有，他用膝盖猛烈地撞击我的下腹，一阵撕心裂肺的疼痛向我袭来，急剧的疼痛让我睁不开眼睛，世界如此迷蒙。这个时候，冯礼好像已经远离刚才的位置，他抱着自己的大腿，坐在路边，看着海，完全忽略他身后正在如火如荼展开的殴打。他认输了，他再也无法顾及斯文和脸面，哪怕我被打死，他也不会回头看我一眼。他不会，他是来旅行的，是来欣赏海天风光的，这正是他现在在做的，很好。朱海波在另外一头，他还跪在地上，终于慢慢地半趴在地上，双肩一耸一耸的。他在那里哭。

我这边，两个男人一边一个抓着我的胳膊，浑身上下不停地击打，他们一边打我，一边跟我控诉，说我们如何勾引他们的老婆，我一直在辩解，不是的，事情不是这样的，我们什么也没有干。哈德门说，你还想抵赖！我笑了，我告诉自己尽量保持轻松，保持最后的一点可怜的尊严，被打倒了再试着站起来，我像傻子一样微笑，我可以逃跑，但我绝不求饶，这不是我的性格。我一直保持微笑，君子坦荡荡，小人长戚戚，我只能以笑来证明自己的无辜和清白。现在想起来,那个场面格外地滑稽。我没有还手,我流血了,衣服也破了,在这个过程中,冯礼和朱海波一直在现场,朱海波跌跌撞撞地从地上爬起来,坐在近旁的一块石墩上,以同样的姿势,看着空荡荡的海平面发呆。他们都跟没事人似的,他们不能顾及我,也未必能顾及自己的内心。我们一败涂地。

现场围观的人越来越多,马厩岛上的人迅速在向这里聚集,他们同仇敌忾,纷纷插嘴指责我们。一个刚赶到的老头,在听了人们似是而非的议论之后,大喊着,格是要打,打伊煞啦!我能够理解哈德门和水乌龟的仇恨,但我不明白,那些熟悉的面孔,为什么全都站在了我们的对立面,至少是可怕的沉默和作壁上观。还有那个长着兔子脸的男人。

人群突然躁动起来,哈德门可能被我的笑容刺激到了,他从近处的一艘渔船上拿来一把太平斧。看到这把斧子,他邪魅地笑了,我看到他举着斧子向我奔来,看到阳光在斧刃上的闪烁,它像一个慢镜头,我在危险面前已经力不从心,也许这就是命运的安排。起风了,风吹拂着我的衣服碎片,我反而没有一丝疼痛的感觉,我没能等来那艘铁壳船,就要在此永别人间,好吧,就这样吧。这时,听到有人怪吼了一声,此人正是兔子,他非常有效地调动了现场,几个人扑上来抱住了哈德门,水乌龟反过来夺下了他手里的斧子。

现场鸦雀无声。

我一直处于半眩晕的状态。现场的人相继散去,只剩下我们三个人,以同样的姿态面对大海。只不过我在他们的后面,我们之间的关系是等边三角形。我们彼此都没有说话,好像一说话就会撕破最后的遮羞布,就权当什么也没有发生。

铁壳船没有来。我从一开始就知道这个结局,我不知道在等待什么。

过了很久,来了一个陌生男人,他过来跟我说,他的船到沈家门去,问我们去不去。如果去,跟我来好了。他说罢自己走了,也没有顾及我们是否跟得上来。

我在想,哪怕他还是要打我们一顿,我们也会跟他去的。我们没有选择。我冲前面一左一右的那两个人的背影,试着哎了一声,他们迟疑地回过头来,我指着远去的那个人说,沈家门。冯礼一股脑爬起来就跟他去了。朱海波也还好。我是被打得最惨的,我连爬起来都费劲。他俩似乎已经把我撇开,他们是把我遗忘了吗?他们虽然挨了打,但似乎体力得到了恢复,看上去还是蛮敏捷的,冯礼甚至奔跑起来了，他太害怕留在这里了。我也害怕，我还坐在地上，我在想，哇，他们居然把我落下，也不顾及我，但我马上为自己这种怨妇般的情绪感到可耻，这不应该是我的风格。我慢慢调动自己的胳膊和腿，我也想敏捷来着，但是我的身体背叛了我，我的腿像铅一样笨重，我是拖着走过去的。那个人的船在很远的地方，而且要从礁石群上蹚过去，这对我尤其困难。我从岸上慢慢地摸索下去，我的腿已经抖得非常厉害，搁平常极轻松的一跳，对我来说格外地艰难。这个时候，我想起我扔在路边的那个包了，我已经不可能再去把它找回来，于是我默立在那里，在心里缅怀了一下。我流泪了。过完礁石，还要过船，那些渔船都是一排排横向挨着的，你要一条船一条船地踏过去，才能最终到达最外面的那条船。我看到冯礼在船上跨越腾挪，身手不凡的样子，朱海波多少还是有点问题。他突然停在那里，他发觉不对，好像还有另外一个人，谢天谢地，他总算想起了我，他叫住了前面的冯礼，两个人过来搀扶我。我们彼此都没有说话。马厩岛的海水真是干净，我记得我在船上摔了一跤，我扒着船帮吐了几口血，血在水里洇开，像极盛开的蔷薇。

他们在甲板上抽烟，衣衫猎猎，海风吹乱他们的头发，吹亮他们手中的烟头。我一个人缩在船舱里，怀着劫后余生的破心情。船舱极低矮，里面是榻榻米式，仅允坐躺——为的是不遮挡后面掌舵人的视线，能够巡视到船头和海面的情况。船舱里，前有通向甲板的木移门，后壁有小窗，看得见机舱和带寮棚的驾驶台，以及追着白花花海浪的船屁股。

马厩岛终于远离我们的视线，它作为一个越来越小的点，消融在一片苍茫之中。

船上一共有八个人。我们三个，船主和伙计各一，还有两个搭便船的女人——她们交头接耳，并一直毫无掩饰地打量我们——我不知道她们在看什么，我们即便是被她们的乡党打得死去活来，也不值得这么不依不饶地观察啊。另外还有一个人，他就是兔子。他刚才看到我们，脸上闪过一丝痞笑。对，是痞笑。刚才，冯礼从皱巴巴的仅剩小半包的烟壳里，拔出一支给他，有点巴结的意思。也许这时候他已经明白，兔子的身份不一般。兔子接过烟，不停地在自己的拇指盖上敲了又敲。他并不打算搭理我们。他对我们的遭遇了如指掌，似乎也很好地调控了现场节奏。他在太平斧的环节上，及时按下了暂停键。不知道为什么，我不喜欢这个人，我总能在他身上看到若隐若现的权力的色彩。

风大，大家纷纷进到这个低矮而局促的空间里。

我注意到，兔子进来的时候，两个女人主动为他腾出了空隙。他后来从船主的柜子里翻到两根香蕉，他掰下来一根，慢条斯理地剥开来吃。他还要移开小门板，告诉在船头打电话的船主，你的香蕉快要烂掉了。他不光要为自己找到堂而皇之的理由，还要让香蕉的实际拥有人感觉到，他吃掉香蕉是一件多么及时而正确的事情。我看到船舱一角高悬的佛龛。我在想，那两根香蕉，船主一定是用来供观音菩萨的。但他很快又吃掉了第二根香蕉。他再度移开那个小门板，将香蕉皮扔了出去，我看见没扔多远的香蕉皮，有一块贴在船帮上，由风在那里撩拨。

　　船主姓顾，他在几个岛之间来回跑，收购当地鱼货，然后到沈家门卖掉。我不太明白，他为什么要急猴猴地回趟沈家门。他正在跟沈家门那边打电话，我听了大概，总是跟他的行当有关。这是我们几天来第一次看到手机。朱海波死盯着那只崭新的诺基亚手机，我知道他在想什么。船主打完电话进来，他移开后窗板，跟他的伙计交代了几句，然后挨着我坐下。他拍了一下我的肩膀，他说，我看你们也都是蛮老实的，他们可能是误会了。如果你们还手呢，我也不会管你们——他虽然还是站在马厩人的立场上跟我们说话，但我们已然如沐春风。他说，最终决定带你们几个走，还是我家那位替你们说了软话。我们这才恍然，原来他就是我们未曾谋面的旅店男主人，我想到黑暗里从门后面伸出来的那只手，那天夜里他给我递过两根半截的蜡烛。我们感动得不知如何是好，说实话，他若不把我们捎回来，最后的结局真的很难说，我们死在那里都有可能。

船主跟我们聊起贵州女的有关情况，他说，一般来说，娶贵州女做老婆的，都是生活里各方面都比较弱的男人。他们好不容易有了老婆，肯定是百依百顺，一句呛声也不敢有。

这时，那两个女的插话了，她们是说给我们听的：奈弗晓得，贵州女人多少泼辣啦，阿里个男人吃得消。她们简直是在控诉：哎呀呀，奈弗晓得啊，男人像菩萨一样供着伊拉，麻将随便搓，钞票随便花，伊拉还不心满意足，还要往外面奔啦。

我听着有点蒙，不知道她们秉持什么样的立场，明明就是羡慕嫉妒恨。

船主笑了。他说，他们在老婆那里败下阵来，心里憋着一股气，打打你们几个城里后生刚刚好。船主说，幸亏啦，他们两个都有残疾，哈德门从桅杆上摔下来过，右手落下毛病，否则，你们早就被打死了。这时，朱海波翻了一下身，我以为他听不下去，要来一番阔论，结果他只是白了那船主一眼。

兔子正在玩船主的手机。

船主说，你别玩了，我的手机快没电了。

说着船主就出去了，兔子都没有抬头看他一眼。

我看船主对他一点办法没有，从他的目光里我看到了无奈和忍让。

兔子在玩贪吃蛇，引我手痒。那是一款永远无法通关的游戏，就算不吃到自身和障壁，最终也会因为吃太饱而撑满那个小小的手机屏幕。朱海波听到贪吃蛇的音乐，脸上有了惊喜，他被激活了，他要比人家高一头，张望着要去看人家手里的手机屏幕，被人家恶毒地扫了一眼。冯礼笑死。他不知道从哪里翻出一件救生衣，早早给自己穿上了。他已经积累了经验。后来我们三个人偎拥而睡，我们又饿又困，我扔掉的那只包里还有半块面包，我这样想着，便闭上了眼睛，那只面包就在我眼前悬浮着。贪吃蛇的背景音乐，像一个小人踩在弹簧上在不停地蹦跶，又好像，在上面蹦跶的是我。

从船屁股看出去，云层越压越低，如同海面上燃烧的乌焰。天空尽管阴郁，但天地间还弥散着异常的清亮感，不久那道神秘的光芒消失了，混沌一片。

风浪太大，我们东倒西歪，如钟摆一样平衡着船体的颠簸。这时候,冯礼的整张脸都蒙在一只塑料袋里,准备出货,场面不忍细看。我也想吐,肚子里仅剩的一点东西——那只是一顿草率的早餐,老是荡漾着要泛上来。要命的是,我还憋着一泡老尿,从早上一直积攒到现在。他们还在外面抽过烟,我一进来,就把自己安顿在此。此刻那点混浊物占据的不是我的膀胱,而是我的大脑。我想到了童年,一闭眼睛,遍地都是厕所。

风力持续加大,听得见船尾的旗杆噼啦作响,风裹挟着雨水,寻找着每一个可能的缝隙,把门板敲得噼啪响,像是有人正在把它们一点点撬开。门已经形同虚设,风长驱直入,还有雨,雨倒是不大,有点凉。我肚子里的那点东西正在持续发酵,企图突破我的防线。我死憋着,一点点爬过去,下巴刚刚扣到门槛,秽物便倾巢而出。海浪哗然,刚好冲刷了这一切。我尝试着站起来,抓着门外的一个金属部件,慢慢撑起来。雨水横扫过来,我的衣服顷刻湿透,尿滴在风中飞扬,我的右腿感受到了一小股异样的温暖。这个时候,我感觉有一只胳膊从背后有力地抓着我腰里的皮带,那一定是好兄弟朱海波,他怕我被风浪卷走。

大概煎熬了四个多小时,我正紧闭双目,苦熬时光,突然有人惊呼,普陀山!女人已经在那里跪拜了。众人欢欣,引颈望去,前面黑乎乎似乎啥也看不见。她偏说看到了普陀山上的观音大佛,那需要多么强大的信仰支撑,绝非我等一双俗眼看得出来。船主说,那是普陀山旁边的葫芦岛,哇,这听上去跟普陀山也没啥区别啊,也就是说,我们离沈家门渔港已是一步之遥。船舱里迅速被激活,大家重拾欢颜,纷纷寻找和整理自己的东西,我们身无别物,我在找我的鞋,我刚才撒尿时好像只穿回来一只鞋,另外一只死活找不到了。我还想着等会儿怎么上岸。这件小小的事情非常打击我。

谁也没有想到,最糟糕的事情还在后面,船突然没了声息,异乎寻常地寂静,马达熄火了,一颗由柴油供给的心脏停止了跳动。船有动力,尚有侧翻的风险,船一旦失去了控制,如同豆荚之于巨浪,后果不堪设想。此时海面滔滔,只剩下我们一条孤零零的小船,任凭风浪和命运的摆布。这个时候,我脑子里描绘着沈家门的十里渔街,深刻领会到,什么叫咫尺天涯。佛龛里的一只苹果掉了下来,有人惊叫,船舱里乱成一团,恐惧霎时在船舱里膨胀开来,死揪着每一个人的心。冯礼抱着朱海波,像婴儿一样把头深深地扎在他的怀抱里。那个兔子也好不到哪里去,痛不欲生地趴在那里。船主在机舱里钻了半天,这时候浑身油污地出来了,看他垂头丧气的样子，我知道最后的一点可能也丧失了。最大的折磨莫过于希望的毁灭和精神的无助。两个女的朝观音大佛的方向跪拜，其实片刻之间已是南辕北辙，船只的剧烈动荡，很快把她们掀翻，最终和兔子混抱在一起，女人嘴里还念念有词，菩萨保佑，菩萨保佑。这时，我又听到冯礼的寻呼机响了，这个寻呼机屁用没有，但总是在关键时刻跳出来嘲讽我们。冯礼看了一下，他说，册那娘逼。

船主来敲我们的后窗板，他伸进来一只油污的手。我手机呢，快把手机拿给我！众人恍然，对啊，可以打电话啊。兔子一脸蒙，大家都伸手在地板上摸索的时候，兔子从一条毯子的皱褶里摸到了手机，好在手机有毛毯保护，没有进水，但是，船主拿到手机后，他的脸霎时就黑了。他接手机的时候，我已经预料到这一幕，也就是说，兔子玩贪吃蛇，把最后一点电都玩完了，但凡手机还有一格电，能让船主打一个电话出去，我们就会有救。船主是一个温和的人，但此刻咆哮了，他冲兔子咆哮道，闻西奈麻匹！兔子自知理亏，埋头不响，两个女人看上去就像在丈夫面前撒娇一样，对兔子一阵徒具形式的拳打脚踢。

葫芦岛消失了，附近的岛屿也看不到了，我们在迅速退场。

船主喊了一嗓子，像是在骂自己，他的伙计听懂了，他的意思是要落拱。落拱指用铁锚或重物在船头或船尾抛推入海，把船身固定住，减少倾翻的可能。只听一阵铁索声响，铁锚跌入海中。船体一头受力后，猛然打起转来，船体严重倾斜，船主和他的伙计连忙扑地，船主还死拉着他的年轻伙计的手。在几股力量的拉扯下，船板在咔咔地叫着，似乎随时都有崩裂和沉没的可能。终于，在风浪的强大作用下，铁锚没能拉住船只，这艘独孤之舟如同脱缰的野马，拖着长长的锚链，继续往外海漂流。

天崩地裂的几声巨响，蛇形闪电刹那间把海面照得雪亮。

暴风雨更加猛烈，海浪在无尽的回旋、痉挛和咆哮，船只一次次地被海浪埋葬，然后又像巨鲸一样从沧海横流中升上来。巨大的落差和失重感让我难受至死，感觉五脏六腑都在漂浮、翻腾，肚子里根本没有东西，吐的感觉就像有一只手要从喉咙里张牙舞爪地伸出来。船上所有的没有固定的东西都在滚动，它们滚动的声音像是精灵的歌唱。底舱已经进水，机器全部泡在水里，漂满了油污，一只从机舱里逃难出来的老鼠，酩酊大醉似的趴在窗板上，想从我们这里过路，我听到了持续而恐怖的惊叫。我不知道，船主为什么会选择这个时候回沈家门，他既然有勇气做此选择，必然胜券在握。还有我觉得，我们的坏运气也应该到头了吧。看来不是，是我猜错了。此刻我的内心并无大悲恸，肉体的折磨已然超越对生死的考量，回忆都像一场飘然的梦。

天色完全暗了下来，世界陷入最初的蒙昧。我听到有人在哭泣。朱海波一如平常，这个渔民的儿子一点反应没有。我和冯礼依偎在他的怀里，他搂着我们，抚摸着我们的脑袋。我永生记得这样的情景。我还记得，从后窗望出去，那白花花的巨涛恶浪，也很美。

后来，我们获救了，否则我也不会坐在这里。

我们是被别的船用钢缆拖回沈家门渔港的。那时候，舟山还没有跨海大桥，我们被台风截留在当地。我们原来说好的，到了沈家门就报警，并到船主家登门致谢。这两件事我们都没有做，再也无人提起。我们在旅馆里昏天黑地一连睡了好几天。有几次我都梦见自己还在那条船上，那种恐惧像种子一样在我的心里扎下根来。我们彼此都没怎么说话。在船上，我们还可以相拥在一起，随着场景的变化，每个人都陷入了可怕的沉默。朱海波居然一个人出去吃了碗面条。在回上海的大巴车上，坐在我旁边的冯礼，完全像一个陌生人。

回上海不久，我们出席过一场朋友的婚礼，令我纳闷的是，我们三个人不在一张桌子上，这令我非常地悲哀。我看到冯礼和一个盛装女人坐在一起，并不时尴尬地回应她的搭讪。他明明看到了我，却转向了别处。那场婚礼简直就是一场闹剧，多少年过去，人们偶尔还在谈论着它。没有人知道，被终结的，还有另外三个人的友谊。那天，在隔壁的盥洗间里，我不停地在水龙头底下洗脸，其实是想掩盖那止不住的泪水。

我听说，冯礼回来不久，便向报社辞职了。他后来经商，据说做得很成功。朱海波的皮鞋化工厂倒闭后，他东干西干，给广告公司画过墙绘，一度开过滴滴，再后来不知所终。这件事对我的影响还是蛮大的，我很晚才结的婚。本来有一个非常好的姑娘，她简直就是我生命里那个对的人，我后来才得知她是舟山人，我最终绕不过去，朝自己最柔软的地方砍了一刀。我不辞而别，去了日本，我再也没有见过她。

图书在版编目（CIP）数据

马厩岛 / 黄立宇著. -- 上海 : 上海文艺出版社,
2025. -- ISBN 978-7-5321-9166-6
Ⅰ．Ⅰ247.7
中国国家版本馆CIP数据核字第2024WJ2653号

本书为浙江文化艺术发展基金资助项目、舟山市文艺精品扶持项目

责任编辑：张诗扬　吴　旦
封面设计：吴伟光
内文制作：丝　工

书　　名：马厩岛
作　　者：黄立宇
出　　版：上海世纪出版集团　　上海文艺出版社
地　　址：上海市闵行区号景路159弄A座2楼 201101
发　　行：上海文艺出版社发行中心
　　　　　上海市闵行区号景路159弄A座2楼206室 201101 www.ewen.co
印　　刷：启东市人民印刷有限公司
开　　本：889×1194　1/32
印　　张：9.25
插　　页：3
字　　数：148,000
印　　次：2025年4月第1版 2025年4月第1次印刷
Ｉ Ｓ Ｂ Ｎ：978-7-5321-9166-6/I.7201
定　　价：58.00元
告 读 者：如发现本书有质量问题请与印刷厂质量科联系　T:0513-83349365